海外小説 永遠の本棚

蒼老たる浮雲

残雪

近藤直子＝訳

白水uブックス

蒼老たる浮雲＊目次

蒼老たる浮雲

蒼老《そうろう》たる浮雲

第一章

（一）

梶《かじ》の木の大きな白い花に雨水がたっぷりたまって重くなり、やがてぼたりと一輪落ちた。

更善無《コンシャンウー》はそのうっとうしいにおいの中で、夜どおし夢を見ていた。においは濁っていてどぶの水を思わせ、それをかぐと頭がぼうっとして、妙な妄想がわいてくるのだ。更善無《コンシャンウー》には、大勢の赤い顔をした女がひしめき、窓から頭をつっこんでくるのが見えた。女たちの首はいやにひょろ長く、頭はだらんと垂れて、まるで毒きのこが群がっているようだ。日中、女房はひそかに鉤《かぎ》を作って竹竿にとりつけ、あの花を一輪一輪ひっかけ落としては、たたきつぶしてスープで煮ていた。人目を忍んでこそこそと、尻つきだしてせわしなくやりながら、自分では隠密に事を運んでいるつもりでいた。あの怪しげなスープを飲んで、女房は夜中に臭い屁をひった。一発また一発とめどなくひりつづけた。

「壁のすみに賊がひそんでいるぞ！」

更善無《コンシャンウー》は虚勢をはって大声で叫ぶと、電灯のひもを引いた。

慕蘭《ムーラン》はがばと身を起こし、髪ふり乱したままベッドの下の靴を足で探しまわった。

「夢だったんだ」

彼はほっとため息をつき、つかみどころのない笑みを浮かべた。

「きょう、ひょっとしたら、何かが起きるかもしれない」

出がけに更善無《コンシャンウー》は思った。

「雨はもうやんだし、じきに太陽が出るだろう。太陽さえ出れば、何もかも違ってくる。それはさながら一種の新生、ひとつの新たな始まり、ひとつの……」

彼は頭の中で大袈裟な文句を探し求めていた。

戸をあけたとたん、更善無《コンシャンウー》は驚いてとびあがった。あたり一面に真っ白な花が散っている。雨に打たれて地に落ちた花は、依然として生気に溢れて物欲しげに見え、今しも地上の雨水を力いっぱい吸い取っているかのように、一輪一輪立ちあがってくる。彼は腹を立ててその傍若無人なちっぽけな生き物を一輪踏み倒すと、つまさきで浅い穴を掘って、泥をはねとばしながら埋めはじめた。びちゃびちゃとそんな怪しげなことをしていたら、驚いた女の瘦せた顔が隣家の窓格子の間にちらりと見え、たちまち部屋の暗がりに消えた。

「虚汝華《シュイルーホア》……」

彼はぼんやりと思った。が、ふと、さっきの自分の挙動をあの女にのぞかれていたことに気がつき、全身がこわばった。

「散った花のにおいで気が変になっちまう。てっきり腐った白菜のにおいかと思ったのに！」

彼は首をかしげて大声で弁解がましくいいながら、靴底の泥を石段でこすり落とした。

慕蘭《ムーラン》はベッドの上で落ち着きなく寝返りを打ちながらため息をつき、夢うつつでつぶやいている。

「そうさ、あんな花を欲しがってどうするのさ。あの妙な花を見たとたんに食欲がわいてくるなんて、なんてこったろう。食べて、食べまくって、頭までくらくらしてきたよ。今じゃあ、自分がどこに住んでるのかさえわかりゃあしない。いつも、見渡すかぎりの沼地に横になってるような気がする。まわりの泥水はぼこぼこと泡をたてていて……」

隣家の真っ暗な窓からかすかな喘《あえ》ぎが聞こえたような気がした。更善無《コンシャンウー》はぽっと顔を火照《ほて》らせ、うつむいてひと足ごとに一輪の花を踏み倒しながらふらふらと出ていった。あとをも見ずに、こそ泥のように逃げだした。前方を一匹の鼠が、死にものぐるいでどぶに逃げこんでいく。

更善無《コンシャンウー》ははあはあ喘ぎながら街まで駆けていった。あのふたつの眼は相変わらず彼の貧弱な背中に釘付けになっている。

「のぞき屋……」

彼は腹立たしげにどなった。そして左右にだれもいないのを見すますと、さっと手ばなをかんで道端にとばし、服で親指をぬぐった。

「なんだとぉ？」

真っ黒な顔をした子供が行く手をさえぎった。手に灰を握っている。

「ああっ⁉」

灰が真っ向から飛んできた。眼球が割れるように痛む。

その日の朝、虚汝華《シュイルーホア》もあの散った花を見ていた。

真夜中に目をさますと、夫の口からぼりぼりと音がしている。

「老況《ラオコアン》、何してるの？」

虚汝華《シュイルーホア》は驚いていった。

「空豆を食べてるのさ」

夫はぺちゃぺちゃと口音をたてながらいった。

「外のにおい、うっとうしいなあ。雨で花がみんな腐っちまったんだ。きみは夢を見ないの？医者は十二時前に夢を見ると神経に障《さわ》るというんだ。だから空豆を炒めて、ひと包み枕元においとくのさ。夢から醒めたらすぐ食べられるようにね。これを食べていれば、そのうちに眠ってしまう。ここ三日つづけてためしてみたけど、なかなかよく効くよ」

たしかにしばらくすると、老況《ラオコアン》は厚い壁のような背中を虚汝華《シュイルーホア》に向けて、大きないびきをかき始めた。いびきの合間に、隣の部屋の住人が神経症に悩まされてしきりに寝返りを打ち、ベッドの敷板をぎしぎしきしませている音が聞こえる。天井裏をたくさんの鼠が走りまわり、爪で掻きとられたほこりがたえまなく蚊帳《かや》の上に降ってくる。ずっと昔、まだ少女だったころ、虚汝《シュイルー》華《ホア》も母親になるのを夢見たことがあった。だが戸口の梶の木が赤い漿果《しょうか》をつけるようになると、身体の中はしだいに干上がっていった。彼女はよく腹をぴしゃぴしゃたたいて冗談半分にいったものだ。「この中には葦《あし》がはえてるのよ」

「夜が明ければ、花は一面に散ってるわ」

彼女は夫を揺さぶりおこし、耳もとで叫んだ。

「花？」老況《ラオコアン》は寝ぼけたようにいった。「空豆は睡眠薬よりよく効く。きみもためしてごらんよ、ん？　奇跡のようによく効くから……」

「どの花びらにも、たっぷり水がたまってるわ」虚汝華《シュイルーホア》はそういって、ベッドの敷板をどんどん蹴りつけた。「だから落ちるときにぼたりと重い音がするのよ。ねえ、聞こえるでしょ?」

　夫はもういびきをかいていた。

　たくさんの小虫が胸の中でうごめいている。黒い風が木の枝の間をいく筋にも分かれて吹きぬけていく。あの木は風の篩《ふるい》だ。

　明け方、窓をあけて地上の白い花を見ると、虚汝華《シュイルーホア》は呆然と窓辺に座りこんだ。

「空豆は不思議なほどよく効く。きみもためしてごらん」夫が後ろでいった。「夜半すぎはほんとにぐっすり眠れた。ただ夜明け前、夢の中で、泥棒がくるんじゃないかと心配でならなくてね、それでもがいていたら目がさめたんだ」

　そのとき、隣に住んでいる男のあの貧弱な背中が現れた。男はつまさきで一心不乱に穴を掘っている。帽子の下の片方の耳にはこぶがひとつあり、体が動くたびにぶるぶる震えている。虚《シュイ》汝華《ルーホア》の心の中に、大きな空白が生まれた。

「殺虫剤でもまくかい?　こんな花のにおいは、とくに虫を誘いやすいから」

　夫が指の関節でベッドの縁をたたきながら、四五回、宵越しの空豆のげっぷをした。

　夕方、虚汝華《シュイルーホア》が台所で腰をかがめて殺虫剤をまいていたら、だれかが窓から小さな紙つぶてを投げこんできた。開いてみると、妙な文句がなぐり書きしてある。

他人の私生活をのぞき見しないでいただきたい。これは人を人とも思わぬふるまいであり、直接干渉するよりも、なお横暴である。

窓のすきまからのぞいてみたら、姑《しゅうとめ》がよたよたと角を曲がってやってくるのが見えた。「おまえたちのところは、まるで豚小屋だね」姑は部屋のまんなかに立ちはだかり、あたりをきょろきょろ見回しながら鼻を鳴らした。「ちかごろまた神経衰弱によく効く処方をみつけたよ」老況《ラオコアン》がぞっとするような笑顔をしぼりだしていった。「ねえママ、ぼくは空色にすばらしい治療効果があるのに気がついたんだ」「こんな雷雨の日にラジオなんかつけてるのかい!」母親は手をたたきながら怒鳴った。「うちの近所に、雷が鳴ってるときにラジオをつけて、どかんと一発、まっぷたつになっちまったのがいるんだよ! おまえたちときたら、どうしても変わったことをして、自分をひけらかそうとするんだから!」

彼女はつかつかとラジオに歩みより、ぷつんと切ってしまった。そしていまいましげに舌打ちしながら大手をふって出ていった。

母親が出ていくやいなや、老況《ラオコアン》は晴々したように叫んだ。「汝華《ルーホア》! 汝華《ルーホア》!」

虚汝華《シュイルーホア》はかまどの下に殺虫剤をまいているところだった。

「どうして返事をしないのさ」

老況《ラオコアン》はふくれっ面をした。

「ああ――」彼女はふとわれに帰り、ぼんやりと微笑んだ。「なんにも聞こえなかったわ――あなた、呼んでたの？　てっきり義母さんが中でわめいてるのかと思った。あなたと義母さんの声ったら、ほんとにそっくりなんだもの、まるで区別がつかないわ」

「ママはいつもぼくのことを怒るんだ。もう帰っちゃったよ」

老況《ラオコアン》は泣きべそをかいていった。気持ちは一挙に落ちこんでしまった。

「義母さんが怒るのも無理ないわ。わたしたち、生活能力がなさすぎるんだもの」虚汝華《シュイルーホア》はまだ寝言でもいっているような口ぶりだ。「あなたが庭でしゃべっていると、わたしはよく義母さんが来たのかと思うの……きっと耳がおかしくなりかけてるんだわ。きょうだって、まさかあなたが部屋にいるとは思わなかった。義母さんがひとりあっちで、大声でひとりごとをいってるのかと思ってたわ」

「街の靴屋のおやじったら、耳に金木犀《きんもくせい》が生えたんだよ。すごくいいにおいがするんだ」彼はもう一度気をとり直そうとしていた。「仕事の帰りに見たら、もう押すな押すなで戸まで壊されてたよ」

老況《ラオコアン》は彼女に近寄り、片腕を伸ばして抱きしめようとした。

「この殺虫剤、物凄いの」彼女はぶるっと身震いし、歯をがちがち鳴らした。「なんだか中毒したみたい」

彼はさっと手をひっこめ、伝染したらたまらないとでもいうように少し離れた。

「ひ弱なんだな」

彼はむりに唾をのみこんだ。

大きな白い花がふわりと窓がまちに落ち、暗がりの中でなまなましく身を震わせていた。

更善無《コンシャンウー》はどぶの中からあの小雀を拾いあげたのだった。どうやら飛ぶことを覚えたとたんにどぶに落ちてしまったらしい。びしょぬれのその小さな生き物をテーブルに置くと、いたいけな心臓はまだ胸の中で動いていた。彼はそれをひっくり返したりつついたり、途方に暮れたようにそっとたたいたりしながら、息をひきとるのを見守っていた。

「もったいぶって！」

慕蘭《ムーラン》がうしろでいうのが聞こえる。

「もったいぶって！」

十五歳の娘も真似をしていった。おそらく、噛んで爪の短くなってしまった指をつきつけているのだろう。

「わけのわからんやつがいるものさ」

慕蘭《ムーラン》は口調を変えた。

「あんた、気づいたかい？　隣が裏に棚を作っただろう、おおかた花でも植えるつもりなんだろうね。酔狂なこった！　八年も隣に住んでるのに連中の肚《はら》はどうしても読めない。あの女のほうはとくに陰険だね。うちの窓の外を通るとき、いつもぼうっとして、足音もたてないんだよ！　人間が足音をたてないわけがあるかい。人間なら重さってものがあるはずだろう、おかしいじゃないか。いつかあの女がふいに飛びこんできて、人殺しでもするんじゃないかと気が気じゃないよ。梶の花のにおいで、人の気持ちが落ち着かなくなってるからね……」

更善無《コンシャンウー》は茶封筒を一枚探してきて死んだ雀を中に入れると、ふたつの飯粒でしっかり封をして、閉じ口をぱんぱんとたたいた。

「ちょっと出かけてくる」

彼は大声でそういって、雀の死骸を入れた封筒をポケットにつっこんだ。

隣家の台所の外に回ると彼はしゃがみこみ、雀の死骸の入った封筒を力いっぱい窓から投げこんだ。そして腰をかがめて家に逃げ帰った。

隣家の女が突然わっと驚きの声をあげた。どうやら亭主と話をしているようだ。板壁のすきまから声が伝わってくるが、なんだかとらえどころがなく、実感もこもっていない。

「……あのころ、わたしたちはよく草原に座ってハンカチ落としをしたわ。太陽は山の向こうに沈んだばかりで、草原はまだ暑かった。うまい具合にかまきりを捕まえたこともあったわ。人をびっくりさせようとして、よく鼠の死骸を投げたりしたものよ。去年の暑いさかりには、ベッドの足元でこおろぎが一匹、三日三晩も鳴きつづけていたわ。きっと精魂尽き果てて死んだのね……」

更善無《コンシャンウー》の脳裏に女のふたつの眼が浮かんだ。死水をたたえた深淵のような、暗い緑の眼だ。自分の貧弱な背中がその眼で見つめられていたのかと思うと、たまらなくなる。

「梶の木の花はもう散り終わったから、濁ったにおいもまもなく消えるわ」

どうもしっくりしないきんきん声で、隣家の女はあとをつづけた。

「だれかが何か落とし物をして、散った花の間を探しまわったにちがいない。だって数えきれないほどの足跡があったんだもの……でも花は一体、雨に打たれて落ちたのかしら、それとも咲いてるのがいやになってひとりでに落ちたのかしら？　真夜中に部屋の中を歩きまわっていると、木のこずえに月がかかってるのが見えるわ。まるで薄黄色の毛糸玉みたいに……」

やがて戸口の石段に重い足音がひびいてきた。亭主が帰ってきたのだ。声がふっと途切れる。なんだ、あの女はずっと部屋の板壁に向かってしゃべっていたのか。それとも、書き終えることのない手紙でもよんでいたのだろうか？

昼食どき、更善無《コンシャンウー》は力いっぱい軟骨を嚙み砕き、ぽりぽりと音をたてた。

「そう！　その調子！」

慕蘭《ムーラン》は夫をほめ、ごくりと喉を鳴らして酢のきいたスープをたっぷりと飲みこんだ。

娘も両親にならってぽりぽりと歯音をたて、ごくごくとしきりに喉を鳴らした。

食べおわると彼は口もとのスープをぬぐって立ちあがり、爪で歯をほじくりながら、女房にともなく、だれにともなくいった。

「窓格子の蜘蛛《くも》が蚊を捕まえようとしている。もう小一時間もやってるが、捕まるものか！」

「職場体操のとき、林《リン》じいさんたら、ズボンの中にうんこ垂れてんの」慕蘭《ムーラン》がいった。げっぷといっしょに酸っぱい汁がこみあげてきたので、またごくりとそれを飲みこんだ。

「きょうの排骨《パイクー》は、よく煮えてなかった」

「あんたが食べたのはヒレ肉じゃないか！」

女房が驚いたように彼を見た。

「おれが食べたのはヒレ肉だ」彼は蜘蛛を眺めながらいった。「だが排骨《パイクー》のことをいってるんだ」

「へえ！」慕蘭《ムーラン》はあかんべをした。「またごまかそうとする」

夜、梶の花の最後の残り香の中で、更善無《コンシャンウー》と隣の家のあの女は同じ夢を見た。ふたりとも、眼をむいた亀が、彼らの家に向かって這《は》ってくるのを見た。前庭は豪雨で泥沼と化していた。亀はその泥沼のふちを、足を泥だらけにして休みなく這いつづけているが、いつまでもたどりつかない。木に吹きつける風がその夢をかき乱し、砕いたとき、ふたりはそれぞれの家で、汗びっしょりになって目を覚ました。

大学を卒業したころ、更善無《コンシャンウー》は頭を丸坊主にして軍用の背嚢《はいのう》を背負っていた。わきの下からしきりに汗が吹き出し、甘いにおいがした。あのころ太陽はとても明るく、空はまるで大きなガラスの蓋《ふた》のようだった。彼はいつも目を細めて物を見ていたものだ。

「夜中にわたし、泥沼に落ちたの」また隣家の女のきんきん声がした。「まだ身体がぬるぬるしてる。夜明け前に風で木の枝が折れて、ぽきんと音がしたわ」

更善無《コンシャンウー》は不思議でならなかった。隣のあの女のたわごとは、どうしていつも自分にだけしか聞こえないのだろう。どうして慕蘭《ムーラン》には聞こえないのだろう。とぼけているのだろうか。

慕蘭《ムーラン》は下を向いてあの短い指の爪を切っており、目をあげようともしない。

「何か、聞こえなかったかい？」

彼は探るようにいった。

「聞こえたよ」女房は相変わらず顔もあげず、こともなげに答えた。「風で隣の窓紙がざわざわ鳴ってるのさ。あんなに落ちぶれ果ててるくせに、あそこの亭主ときたら、裏にガラス鉢なんか置いて、黒い金魚を二匹飼ったんだよ。幼稚だね、笑わせるよ！ わたしゃもう、裏の壁に大鏡をひとつぶらさげたよ。鏡の中で連中の一挙手一投足が偵察できて、ほんとに便利さ。金魚を飼うなんて連中のやり口には、むかむかするよ」

地上の踏みにじられた花は、みなどす黒く変色していた。

戸をあけたとたん、いきなり更善無《コンシャンウー》の目にとびこんできたのは、隣家の窓辺にいる女の頭部だった。その女も地に落ちた花を見ている。むさぼるようにぎらぎらと眼を光らせ、首をいやに長く伸ばして、今にも窓からとびだしてきそうだ。

「花はもう死んだ」

彼は自分でも思いがけないうわずった声でいった。

「もう過ぎていったわ、あの狂った季節は……」

女の唇が動いた、しゃべっているとは思えないほどかすかに。

「まさに夢遊病者の暮らしだったよ。昼も夜も……だが、こんなに早く過ぎていくとはね。ここ何日かは、あのうっとうしい花のせいで、ぼくらはみんな狂っていた。きみは夢で見たことがあるかな……」

更善無《コンシャンウー》はなおもつづけようとしたが、女の姿はすでになかった。

大きなガラスの蓋の下で、ありとあらゆる物は、ひとつひとつがみな黄色い楕円だった。外から射しこむ光はとてもまぶしく、陽射しを避けられる場所はどこにも無かった。

花の中の夢はすべて消え失せていた。

（二）

彼がためらいがちに戸をあけると、女はテーブルのわきに座って小皿に入った酢づけきゅうりを食べていた。テーブルの上には甕《かめ》が置いてあり、きゅうりはその甕に入っている。女は兎《うさぎ》みたいにそろそろと唇を動かしながら、ほとんど音をたてずに噛んでいた。男には目もくれず、一本食べ終わるとまた一本はさみ、目を伏せてじっくりと味わっている。きゅうりの汁が二度口からこぼれると、ぺろぺろと舌でなめ取った。

「あることを話しにきたんだ。いや、あることというよりも、一種の象徴に過ぎないんだけど」更善無《コンシャンウー》は探るような、怒ったような、奇妙な調子で口を開いた。「いったい、きみも見たことがあるのかい？　いや、きみにもあんな予感がするのかい？」

虚汝華《シュイルーホア》はぼんやりと男を眺め、ものもいわずにまた目を伏せてきゅうりをかじりつづけた。彼女は、それが自分の隣人であることを思いだした。あのうさんくさい、いつも庭でごそごそして視界を遮っている男だ。昼食どき、夫の老況《ラオコアン》は彼女がきゅうりを食べるのを見て仰天し、酸っぱいものは神経に障るから食べてはいけないといった。だから夫が出勤するのを待って、盛大に、心ゆくまで食べはじめたのだった。

「夢の中であれを見たとき、だれかが窓の向こうに座っていたような気がしたけど、だれだったか今思いだしたよ……ねえ、あの泥沼を、あいつはどのくらい這いつづけてるんだろう?」男はまだあきらめずに、しつこくからんでいる。「あの泥沼は、ぼくらの庭にあるんじゃないか?」

「死んだ雀はなんのまね?」虚汝華《シュイルーホア》は口を開いたが、相変わらず男には目もくれず、ハンカチをとりだして口もとをぬぐった。「ここ何日か、わたしはずっと家の中で殺虫剤をまいてたのよ」いやに落ち着きはらった声だったので、更善無《コンシャンウー》の頭は石ころでもつまったようにがらがらと鳴り響いた。

「いや。ただちょっと、取り乱していたんだ」彼はばつが悪そうに認めた。「わかるだろう、あの花のせいでおろおろしてたのさ。ひところはぼくだって、なかなかのものだったんだけどね。地質調査隊の仕事だってやってたことがあるんだ。山はとても高く、太陽がすぐそこにあって、手を伸ばせば届きそうだった……もちろん、いまさらこんなことをいっても始まらないけどね。

もう八年も同じ棟続《むね》きの家に住んで、きみは毎日ぼくのことを見てきたんだし、そのぼくといえば、もうこんなざまだったんだものな。夜、亀がやってきたとき、きみはこの部屋でしきりに寝返りを打ってた。ベッドの敷板がぎしぎし鳴る音を聞いて、思ったものさ。あの部屋にもぼくと同じように悪夢にとりつかれた人がいる、悪夢が小屋を襲い、窓からもぐりこみ、きみにのしかかってるんだなって……木が赤い実をつけるころには、きっと黄金虫が飛んでくる。そうすれば、安心してぐっすり眠れるさ。毎年そうなんだもの。ぼくは夜、ふたつの煉瓦で枕をしっかり押さえこむようにしてるんだ。だって不意にどかーんと鳴るだろう、びっくりするよ。きみは一日中殺虫剤をまいて蚊を退治してるけど、闇の中で突然何かに襲われても怖くないの？　ぼくは蚊が耳元でウォンウォンいってるほうが好きだな。なんだか励まされるようで……」

更善無《コンシャンウー》はあれこれとしゃべりまくり、自分でもそれに驚いて何をしゃべっていたのかわからなくなってしまった。

「殺虫剤をまかなくちゃ」虚汝華《シュイルーホア》は男を見ながらいうと、噴霧器を取りにいこうと立ちあがり、二三歩進んでまたふりかえって言った。

「裏に朝鮮あさがおを植えてるの。凄い花よ、ふたつ以上食べたら死んでしまうんですって。わたし、そういうのが好きなの。果てしない夢想をかきたててくれるから。あなたの奥さん、いつも鏡でわたしたちをのぞき見してるでしょ？　胸の中のあのことを話したかったら、ときどき来てもいいわよ、わたしの気分がいいときにね」
更善無《コンシャンウー》は何かいおうと口を開きかけたが、虚汝華《シュイルーホア》はもう奥の部屋でしゅっしゅと噴霧器を鳴らしはじめていた。

彼女はちらりと鏡を見た。中のあの人物は気体の中を遊泳しているように見えた。胸元には大きな油染みがふたつあり、てらてら光っている。お昼にスープを飲みながら、ぼんやりしていてこぼしたのだ。彼女は急に恥ずかしくなった。こんな気持ちは初めてだが、どうしてだろう。おそらくなんの意味もない、些細なことのせいなのだろう。でも思い出せない。隣のあの男がしゃべっていたときは、まるで自分がしゃべっているような気がした。だから少しも奇妙だと思わずに、ただ聞いていた。自分がしゃべるのを聞いていたのだ。彼女はあの暴風雨の夜に、真っ黒な小枝が窓からにょきにょきと伸び、自分の顔めがけて襲いかかってきたことを思いだした。隣のあの男はどうしてこんなに自分に似ているのだろう。ひょっとしたら、あらゆる人間がこんな風に似かよっているのかもしれない。たとえば老況《ラオコアン》とその母親はどうしても区別がつかない。頭の中ではいつもあのふたりをひとりと見なしている。でも彼女がそれをほのめかすたびに、老《ラオ》況《コアン》はそわそわしはじめ、彼女の神経を心配して、何かの療法を勧めたりしてくる。おとといも老況《ラオコアン》はまた母親とひそひそ相談していた。一度彼女をだまして医者に連れていかなければならない、さもないとどんな災難がふりかかってくるか知れないというのだ。ふたりの真面目くさった様子に、彼女は思わずくすっと笑ってしまった。笑い声で盗み聞きされたのに気づいたふたりは、むかっ腹をたててとびかかってくると、彼女の肩を揺さぶって何がおかしいのかと問いつめた。

「この調子でいくんなら、後はどうなろうとおまえのせいだよ」姑が小気味よげにいった。「こっちはもう、やるべきことはやったんだからね」

ちかごろ老況《ラオコアン》は毎日、裏のどぶにこっそり小便をしている。虚汝華《シュイルーホア》にはわからないものと思いこみ、裏戸をぴったりしめて用を足し終わると、何事もなかったようにすましている。彼女のほうも知らん顔をして、いつものように、いいつけどおり殺虫剤をまいていた。

結婚したばかりのころ、老況《ラオコアン》はやはり中学の教員で、頭を角刈りにして半ズボンをはいていた。あのころはよく生徒から没収したといっては、万年筆だの日記帳だのこまごました物を学校から持ち帰ってきた。女生徒の柄《がら》物のハンカチを二枚持ってきて「洗えばまだ使える」といったこともある。はじめのうち、ふたりは希望をもっていた。子供ができると思っていたのだ。だがやがて彼女は、かえっていい気味だと思うようになった――この家族（彼女、老況《ラオコアン》、姑）は何事につけ、他人の不幸を喜ぶのだ。隣のあのうさんくさい男には、なんと子供がひとりできた。それを思うと、彼女は、どうも不思議でならない。いくらなんでも、子供は、大人みたいにふわふわしていることはあるまい。

きょうの明け方、虚汝華《シュイルーホア》は上半身はだかで部屋の中を歩きまわりながら、しきりにぴしゃぴしゃと腹を叩いていた。

「なんだよ」老況《ラオコアン》が腹立たしげにいった。

「ときに思うの」彼女はからかうような笑いを浮かべた。「これは女の腹なんてものじゃなくて、薄汚いはらわたや、何だかわからない怪しげな物の上に、皮が一枚張ってあるだけなんだって」

「トランキライザーを飲んだほうがいいぞ」老況《ラオコアン》はわきを駆けぬけようとして、あやうく彼女をつきとばすところだった。

虚汝華《シュイルーホア》は如露《じょろ》をもって裏の朝鮮あさがおに水をやりにいき、金魚鉢をひとめ見るなりぎょっとして立ちすくんだ。二匹の金魚が腹を見せて浮いている。水は濁っていて、石鹸のにおいがした。指でつついてみても、ぴくりとも動かない。そのとき、隣の女が鏡の前につまさき立ちして、彼女を観察しているのがちらりと見えた。彼女はのろのろと金魚をすくいあげ、ごみ入れに放りこんだ。

今度またあの男が例の話をしに来たら、ぜひともいってやろう。自分は夾竹桃《きょうちくとう》が好きだったことがあると。太陽がすぐそばに(手をのばせば届きそうなところに)来て、夾竹桃の花が苦い香りをおびて咲きはじめたとき、自分は木の下を兎みたいにぴょんぴょん駆けたものだ。そんなことを思いながら、また、あの隣の女のむっちりした背中に目をやると、あくどい喜びがこみあげてきた。

「裏で何してるんだ?」更善無《コンシャンウー》はビスケットの包みをさっと鞄につっこんで、ぱちんと留め金をかけ、大声でいった。「いってくるよ!」

慕蘭《ムーラン》が裏から出てきて、曇った顔で、正気をなくしたようにいった。

「たらいの石鹸水をあけたら……ええと……どうしても……先月の家賃はまだ払ってないよ」

「おまえも神経が細くなったな」彼はせせら笑って出ていった。そして大通りを過ぎ、角をまがると、ようやく振りかえって鞄からビスケットを取り出し、むしゃむしゃ食べはじめた。

更善無《コンシャンウー》の娘が雑貨屋から出てきた。髪の薄い頭を昂然ともたげ、さっそうと歩いている。彼はあわてて公衆便所の陰に隠れ、娘が大通りのほうにいくのを見届けてから、ようやく出てきた。

「あの子はもう、角を曲がったぞ」

だれかが背後からささやくようにいった。振りかえってみたら、舅《しゅうと》だった。まばらな山羊ひげにうす汚い酒の染みがついている。

「だれのことだ?」

更善無《コンシャンウー》は顔をしかめて憎々しげにいった。

「鳳君《フォンチユン》さ。ほかにだれがいる!」

舅は赤い眼で滑稽なウインクをして、がりがりに痩せた長い腕を彼の肩にかけ、うきうきと言った。

「おい、おごれよ。一杯やろう」

「ふん！」更善無《コンシャンウー》がいやらしげに腕をふりほどくと、舅の腕はこきこき鳴った。中の骨がこすれあう乾いた音だ。

「わっはっは、猫は隠れてぬすみ食い、わっはっは……」

舅は上機嫌で浮かれだし、がなりたてた。

更善無《コンシャンウー》は顔を赤らめ、無意識に鞄をなでた。中にはまだビスケットが三枚残っている。舅はいやらしいのぞき屋だった。彼がその娘を娶《めと》った当日から、毎日ひそかに彼のすべてを探っていた。いつも幽霊みたいに思いもよらぬところからぬうっと現れて、彼の魂にもぐりこむのだ。一度ついに堪忍袋の緒が切れ、とびかかって後ろ手に締めあげたことがある。そのときも舅の腕はきょうみたいにこきこきと、今にも折れそうな不気味な音をたてた。彼はぞっとして思わず手を放し、ばったのようにぴょんと跳びのいて逃げ出した。そして走りながら捨てぜりふを吐いた。「今に息の根を止めてやるからな」

「猫は隠れてぬすみ食い……」舅はまだわめきながら大きく腕を広げてごみ箱にとびついていき、けたけたと、とめどなく笑いつづけた。そして笑い終わるや、お寺に駆けこんでいった。お寺はすでに住む人もなく荒れはてていた。舅はしょっちゅうその屋根裏に登り、小さな窓のすきまから通行人に石をぶつけていた。命中すると階段をどかどか駆けおりてきて、物陰で笑いころげるのだ。

十年前、更善無《コンシャンウー》はカーキ色の綿ギャバの人民服に身を包んで彼らの家を訪ね、求婚した。慕《ムー》蘭《ラン》は重い足取りで歩きまわっていたが、いかにも若々しく見えた。姑は消化不良の臭い屁をすかしながら、中庭のあの青苔の生えた煉瓦塀に向かって言った。

「運がないんだね。あんたみたいなごろつきに娘をさらっていかれるなんて」

三年後、姑は病院の霊安所に横たえられた。見にいってみると、相変わらずのおかしな顔で眼をむきだしており、今にも彼をとって食いそうに見えた。

結婚後のある日、ふたりは通りを歩いていた。慕蘭《ムーラン》は梅の実をどっさり買って道々口に放りこんでおり、その通りはどこまで行っても終わらないように見えた。突然、彼女がよりかかってきて目を閉じ、梅の種を吐きだしていった。

「ああ、わたし悲しい!」

どうして彼女が悲しまなければならないんだ? 更善無《コンシャンウー》はいまだに不思議でならない。

舅はやって来るたびに、夫婦の家のまわりをひととおり偵察した。それから頃合を見はからって裏口に身をひそめ、そうっと執拗に鳳君《フォンチユン》を呼び出し、いっしょに軒下で立ち話を始める。陽射しが斜めに彼の赤い鼻を照らし、憎々しげな表情が浮かびあがる。眼は休みなく家の中をねめまわし、肚《はら》はひそかに決まる。ついに帰りしな、ひらりと室内に忍びこみ、小物をひとつかすめて逃げていく。つづいて足音が聞こえ、慕蘭《ムーラン》が血相変えて跳びだしてきて娘に問いただすのだ。

「あん畜生、また何をもってった？」

三枚のビスケットを食べ終わると、更善無《コンシャンウー》は、ちょうど事務所の入口についた。きのうは勤務中に、準備してきた饅頭の屑《くず》をこっそりベランダの雀にやっていたら、安国為《アンクオウェイ》がいきなり彼の尻を叩き、三角の小さな眼を細めてたずねた。

「泥沼の件については、どんな結論が出たんだい？」

そういうなり煙草の吸殻を屋外に吐きだし、彼の机の端に腰かけて足を組んだ。更善無《コンシャンウー》はおろおろしながら一日を過ごしたが、あの若僧が何のつもりであんなことをいったのか、どうしてもわからなかった。

家に帰ると彼は戸口に座り、ひげをそるふりをしながら鏡で後ろを映して、あの隣人の一挙手一投足をのぞき見してみた。そして疑わしいところはべつにないと断定すると、心はようやく少し鎮まった。もしや、このいまいましい心臓の動悸が、秘密を洩らしたのではあるまいか？　梶の花が人心をかき乱しているこのごろ、彼の心臓は激しく鼓動している。手のひらを胸にあてれば、ドン、ドン、ドンと、まるで魚がはねているようだ。彼は思った。他人にもこの音が聞こえるにちがいない。だから事務所の連中はみんな意味ありげに自分を見つめたり、そらぞらしくも「ああ――このごろきみの顔色は……」などというのだ。動悸を他人に聞かれないよう、彼は出勤するとすぐさま隅の自分の席にもぐりこむようにした。そして何時間も窓の外に顔を向けたまま、準備してきた饅頭の屑を鞄から出しては雀に与えていた。ところが、きょう窓から首を出してみたら、なんと他のふたつの窓からも首が出ているではないか。ふりむいてみれば、同じ部屋の同僚である。後ろ手を組んで窓の外を眺め、思索にでもふけっている風に見える。また不安になって廊下にぬけだし、他の課の部屋をドアのすきまからのぞいて見ると、やはり同じだった。ひとつの窓にひとりずつ、いかめしい顔をした人物が立っている。行きつもどりつしながら、いらいらと落ち着かない者もいる。

やがて、同僚たちが騒ぎだした。大きな揚羽蝶《あげはちょう》が一羽、ひらひらと舞いこんできたのだ。つややかな黒い羽根を紫に光らせ、大いばりで頭上を飛びまわっている。みな弾かれたようにとびあがった。ドアをしめる者もいれば窓をしめる者もいる。羽根ぼうきで力まかせにたたきつける者もふたりいた。他の連中は金切声をあげて跳びはねながら応援したが、みな真っ赤な顔をして、酔っぱらって正気を失ったように見えた。更善無《コンシャンウー》も他人には言えぬ秘密をおし隠すため、やはり金切声をあげながら、みなのように狂ったふりをしようと懸命に努力した。

揚羽蝶が叩き落とされてしまうと、窓辺に立っていた例のふたりはすぐさま厳粛な表情をとりもどし、外を向いて後ろ手を組み、深遠な思索にふけった。彼はふと思った。この真面目くさった連中は、ひょっとして、毎日こんな風に窓際に立っていたのではあるまいか。ふだんは気にもとめなかったが、今度自分も仲間入りしたので、ようやく気づいたのかもしれない。ふたりは棒杭のように立ちつづけ、終業のベルが鳴るとようやく鞄を取って帰っていった。彼は、ふたりが通りを歩く姿も真面目そのものであるのに気づいた。うつむいて後ろ手を組み、一歩一歩落ち着きはらって歩いている。傾いた陽射しが彼らの丸い背中を照らし、太いズボンの中の毛むくじゃらのすねが透けて見えた。

「きょうはとっくり煮こんだ骨があるよ。髄まできれいにしゃぶれるよ」

慕蘭《ムーラン》が口もとの油をなめながら、うきうきといった。

「おれは排骨《パイクー》は苦手なんだ。いつも舌の先にでかい血まめができちまう」更善無《コンシャンウー》は棒切れで窓の蜘蛛の巣をつつきながらいった。「ちょっとは目先の変わったものを思いつかないのか?」

「なんにも思いつかないね。隣はまた大掃除をやってるよ。鏡で見たのさ。ふん、ひがな一日思わせぶりな。殺虫剤まいたり大掃除したり、金魚を飼ったり、まったく神経過敏だよ。あの女はもう、わたしが鏡でのぞいてるのに気づいてるね。あんた、裏のどぶが小便くさいと思わないかい? いや驚いたよ。みんながいってるけど、にわとりの生き血を飲む秘伝の処方があるそうだよ。そんなの聞いたことあるかい？　不老不死になれるんだってさ」

「とっくり煮こんだ排骨《パイクー》を食ったって、不老不死になるさ」

「またでたらめをいう！」慕蘭《ムーラン》はぞっとしたように顔をゆがめた。「そういえばけさ、わたしが何かいおうとしたのに、あんたはちゃんと聞かずにいっちまったね。ええと、あのときはこの戸口に座って、ひどい風が吹いてた。そこで思った。――そう、鳳君《フォンチュン》のことだ。ねえ、あの子はものになりそうだよ。きのうわたしが安い格子じまの木綿の服を一枚買ってやったら、あの子がどういったと思う？　『ありがとう、でもわたしはまだ乞食のまねをするほど落ちぶれてないわ』だって。その含むところをじっくり考えたら、わたしゃ嬉しくなったね。あの子は生まれながらに分をわきまえた、いい性格をしてるんだよ」

「おふくろに似たのさ。将来、たまげるような大物になるだろうよ」

彼はいやみったらしくいった。

家に帰るやいなや、亀の夢がまた頭にまつわりつき、彼の気持ちをかき乱していた。更善無《コンシャンウー》は部屋の中を歩きまわり、どんどんと足音をたてた。烈《はげ》しい陽射しに萎《しお》れたひまわりが、しきりに目に浮かぶ。隣の女のきんきん声が、細いひとすじの風にのって吹きつけてくる。声は乾いて熱をもち、少ししゃがれていた。

「……そう、泥は煮えたぎったお粥《かゆ》のようにぼこぼこ泡立ってる。あれが這っていくと、足には火ぶくれができ、眼はとびだして今にも落ちそう……夾竹桃と山菊の花の香りはどうちがうのかしら？　あなた区別できる？　わたし、怖くて眠れないの。眠るとたんにあの木の枝にひっぱたかれて、痛くて気が狂いそう。いつも不思議なんだけど、枝はどうやって窓から入ってくるのかしら？　もう老況《ラオコアン》にいって、鉄格子を打ちつけさせたというのに（彼には泥棒よけといってあるの）。これから二重戸も作るつもりなの。一面に鉄格子をはって。そうすれば家はもう鉄の檻《おり》みたいなものよ。もしかしたら、わたしは鉄の檻の中でしか眠れないのかしら？　疲れたわ！」

慕蘭《ムーラン》は土鍋から箸で排骨《パイクー》をはさみ取り、歯で引き裂いていた。そのぱくりと開いた真っ赤な口を眺めていて、更善無《コンシャンウー》はふと、ぎくりとした。

「何か物音がする……」

彼はおずおずといった。

「鼠さ。朝、鼠取りをはずすんじゃなかった。とにかく終わったよ。花が咲いてたあの何日かは、本当に怖かった……あんたが何かやらかすんじゃないかと思って」

「なんだって⁉」

「花が咲いてたときのことだよ。どうしてそんなおっかない顔でにらむんだい？　あの何日か、あんたはいつも真夜中に起きだして、ぎーっと戸をあけてたじゃないか。あんたが起きるととたんに、冷たい風が吹きこんできたものさ」

「この女ものぞき屋だったのか……」彼はぼんやりと思った。

（三）

虚汝華《シュイルーホア》は戸口にもたれてじっと耳をすましていた。飛行機が空を飛んでおり、ゴーゴーと恐ろしいうなりをあげている。金魚が死んでしまうと老況《ラオコアン》は、彼女が植えた朝鮮あさがおの鉢を蹴とばし、裏の戸を釘づけにしてしまった。

「家中、暗殺の気配でいっぱいだ」老況《ラオコアン》はびくびくしながら逢う人ごとに訴えた。「それというのも、ぼくらに生活能力がないからなんだ」

最近彼は怒りっぽく、疑い深くなり、暗殺者がひそんではいまいかと、始終家の中を探しまわっている。真夜中に突然跳びおきて懐中電灯をつけ、長いことベッドの下に這いつくばって照らしていることもあった。姑は来るときはいつも、ふちの腐った麦藁帽子をかぶってゴム長をはき、鉄の棒をたずさえていた。やって来るやいなや二間の家をひととおり捜索して戸の後ろまで細かに点検し、それから、ぴりぴりした落ち着かない様子でつっ立っている。頬はしきりにひきつり、首筋には赤い湿疹が出ていた。ある日虚汝華《シュイルーホア》が家に帰ると戸が閉めきってあり、カーテンまでおりていて、いくら呼んでもあけてくれない。カーテンのまくれたところからのぞいて見ると、部屋中にもうもうと煙がたちこめ、姑と老況《ラオコアン》が歯を食いしばって鉄棒を振りまわしながら、例の魔よけのお祓いをしているところだった。ひそひそと話す声も伝わってくるが、どちらの声ともわからない。やがてぎーっと戸があき、老況《ラオコアン》が姑を支えて石段をおりてきた。ふたりとも首うなだれて、夢遊病者のように彼女の前を通りすぎていった。

「魔」を「祓った」後、老況《ラオコアン》は戸に鈴をとりつけた。万一だれかが人殺しや強盗に入ってくれば、たちどころに鈴が鳴りだすというのだ。ところが、いくら待っても人殺しはやって来なかった。むしろ自分たちが、自分で鳴らす鈴の音に胆をつぶしている始末だった。老況《ラオコアン》は来客があるたびに声をひそめ、こんな恐怖の中ではもう生きてはいけない、自分はもう初期の心筋梗塞を患っているから、いつなんどきショックで命を落とさぬとも限らないといった。姑は「魔」を「祓って」からは、二度と息子夫婦の家に来なくなったが、二三日おきに頭の禿げた姪に書き付けをもたせてよこした。その姪は年がら年中青い小さな丸帽をかぶり、奇妙きてれつな髪型をして、歯のない口で始終もぐもぐと何かを噛んでいた。姑の書き付けにはこんな文句が記してあった。

「周囲のスパイを警戒せよ！」

「就寝前に以下のことを忘れるな。一・冷水で顔を洗うこと（首は除く）。二・枕の下に丸い小石を三つ置いておくこと」

「歩くときは姿勢正しく、決してきょろきょろせぬこと。とくに左を見てはならない」

「毎日就寝前に消炎鎮痛剤を一錠服用せよ（サルファ剤にて代用も可）」

「遠方を見ると下肢の疲労がとれる」等々。

老況《ラオコアン》は母親の書き付けを受け取ると、きまって神経がたかぶって落ち着かなくなり、無性に身体が痒《かゆ》くなった。ぼりぼりとあちこちかきむしり、椅子の上で小半日も身をよじったあげく、やっとのことでメモを一枚書きあげ、禿げ頭の姪にことづける。メモを書くときはいつも虚汝《シュイルー》華《ホア》に見られないよう、もう片方の手で必死に隠していたが、一度だけ、こう書いてあるのがちらりと見えた（というより、察しがついた）。

「ただちに執行します。前項はすでに効果てきめん」

禿げ頭の姪はあるときからぱったり来なくなった。老況《ラオコアン》は魂も失せたように日々を耐え忍び、夜になればベッドの上で転々としながら、しきりにぶつぶつつぶやいていた。身体もげっそり痩せ、食事どきもやたらにびくりとしては茶碗を置き、壁に耳をよせ、眉をひそめて何かの物音を一心に聞いているのだった。姑はついに息子を引きとりにやってきた。その日、姑は部屋のすみの薄暗がりに立っていた。大きな麦藁帽子をかぶり、ばかでかい黒いマフラーで顔をすっぽり包んでふたつの眼だけ出し、「不運だ、不運だ……」とさかんにつぶやきながら、ぐずぐずしている息子を大声で叱りつけていた。家を出るとき姑は、失くすまいとでもするように老況《ラオコアン》の毛むくじゃらの腕をしっかと引き寄せ、いっしょに逃げるように去っていった。虚汝華《シュイルーホア》には、姑が歩きながらこういっているのが聞こえた。

「大事なのは歩く姿勢だよ。前にもいっただろう？　どうもおまえはだらしがないんだよ。子供のころからほんとにだらしがなくて、のらくらしてるんだから」

その後老況《ラオコアン》は姑のところから一度帰ってきたことがある。ちょうど虚汝華《シュイルーホア》が梶の木の下で、あの黄金虫を見ていたときだった。老況《ラオコアン》は「やあ」といって、彼女の瘦せこけた背中をどんとたたくと、さっさと家にもぐりこんだ。中からがたがたと戸棚やトランクをひっくりかえす音が聞こえ、ずいぶんたってから、彼がふたつの巨大な風呂敷包みを引きずって出てきた。

「このところ、ぼくはとっても気が張ってるんだ」

彼はべとべとしたハンカチでひげの汗の玉をぬぐった。

「ママのいうとおりだよ。たいせつなのは、細かなことに気を配ることなんだ。まず、人となりを正さなくては……これについて、きみはどう思うかな？」

彼はひょいと包みを持ちあげると、そのまま去っていった。

夜になると虚汝華《シュイルーホア》は鉄棒を一面に打ちつけた戸をしっかり閉め、さらに箱でふさいだ。闇の中、おびただしい小さな生き物たちがセメントの床を、天井板を、かけている毛布の上を右往左往している。膨れたベッドの脚は必死で歯がみし、かけた毛布は風をはらんでふわりふわりと舞いあがっては、また落ちてくる。煉瓦でしっかり押さえつけても無駄だった。どこからか飛んできたかみきり虫が、続けざまにダダダ……と枕元に落ち、顔に這いあがってくるので、彼女は幾度となく電気をつけては、それを払いのけた。

虚汝華《シュイルーホア》はたいてい頭からすっぽり毛布をかぶっていた。だがそれでも隣家の男がベッドでのたうちまわり、ぎりぎりと苦しそうに歯ぎしりするのが聞こえ、それといっしょに狼の遠吠えのような声や、憎々しげに罵《ののし》る声も聞こえた。隣の男は泥沼のことをもちだした。たしかにもちだした。男が話したことはみな、夢の中で見たことだった。同じ屋根の下で寝ている者は、みな同じ夢を見るのだろうか。しかし、彼女自身は日に日にひからびていく。彼女が見るのはいつも、灼熱の太陽と、砂州と、焼けるような岩だ。そういうものがたえまなく体内の水分を干上がらせているのだ。

「虚脱が生むまぼろしさ」

以前、老況《ラオコアン》はいつもそういっていた。

彼女は毎朝びっしょり汗をかいて起きあがると、姿見の前にいって頬の赤みをじっくりと観察した。

「ねえ、あれはまぼろしなの？」

その声は宙に静止した。

隣の男はついにまたやってきた。窓からひょろ長い首をつっこんで、眼を妙な風にぱちぱちさせた。なんと、男の首は赤く、黄金色のうぶ毛が生えていた。彼女は老況《ラオコアン》が置いていった包みに半分残った空豆を食べているところだった。空豆はもう湿気《しけ》て柔らかくなり、少しかびくさく、噛んでもまるで音がしなかった。

「酢づけきゅうり食べる？　まだたくさん漬けてあるわ。昼前はずっと飛行機が頭の上でうなってたの。頭がどかんと爆発するんじゃないかと怖かったわ」

せきこんでしゃべる自分の声を聞いて、彼女はたちまち小娘のようにぽっと頰を染めた。わきの下の毛がぴんぴんと突き立って肌を刺す。しばらくの間、男は沈黙をまもり、彼女の声も印刷した活字のように宙に凝結していた。

男は部屋の中を歩きまわりながら、あちこちをくんくんかぎまわった。動きがとても軽やかだったので、うすっぺらな身体が風に舞うぼろきれのように見えた。やがて男は机の上に舞いおりた。痩せたひょろ長い足が、かろうじて床にとどいている。机の上にたまっていた分厚いほこりが、腰をおろしたとたんに四方に舞いあがり、鼻の穴に入ってきた。

「この部屋は長いこと殺虫剤をまいてないな」男がきっぱりといった。「夜、蚊があばれまわっているのが聞こえるよ。きみが板壁の上でたたきつぶしている音もね。ここにいっぱい血の跡がついてる」

「蚊はべつにどうってことないの。それより、掛けた毛布が狂ったように窓から飛んでいこうとするの。わたし、毎晩この毛布と格闘して汗だくになってるのよ。まるで泥沼に落っこちたみたいに」

彼女はつい、ぐちをこぼしていた。そしてふと思った。この男、夜ぎりぎりと歯ぎしりする男、彼とねんごろに、なにかうちとけた話をすることが自分には必要なのだと。

「部屋のすみに人の頭ほどあるお化けきのこが生えてるの。天井からはよく、足がにょっきり伸びてくるわ。一面に蜘蛛の巣がはった足が。あなたも同じ屋根の下で寝てるんだから、そんなことには慣れっこでしょう?」

「そうとも、その手のことならたくさん見てるよ」

男は突然あくびをし、さも眠そうな様子を見せた。

彼女はあわててむきだしの腕を彼の鼻先につきだし、膨れた血管を指さしながら、ぺらぺらとまくしたてた。

「ほら、わたしって痩せっぽちでしょう。あのころあなた、夾竹桃に気をつけてた? 夾竹桃は燃えるような陽射しに照りつけられると、とたんに苦い香りになるの。わたし、短距離の選手だってやったことがあるのよ。でも、あなたが見たときには、こっちもあなたと同じようなものだったわ。わたしたちって、ほんとに双子の姉妹みたいね。話すことだって変わらないし、夢から醒めて寝返りを打つと、あなたもベッドの上で寝返りを打ってるのが聞こえるわ。たぶん、やっぱり夢から醒めたばかりなのよ。もしかしたら、わたしと同じ夢なのかもしれない。けさ、あなたは来たとたんにあのことをもちだしたでしょう。すぐ、意味はわかったわ。だってわたしもちょうど、あのことを考えていたんだもの。ねえ、元気だして」

彼女はぐいと男を押した。その手は男の背におかれたままだった。

「きのう公園の枯れ木のてっぺんに、人間の髪の毛が生えてたわ……」

彼女はしきりに男の背中をなでた。

男は両脚を縮めておいぼれた猫のように背中を丸め、じっと動かなかった。

「このところ、ぼくはほんとに疲れてるんだ」声は膝の間からウォンウォンと響いてきた。男はしゃべりながらあくびをした。「どこへ行ってものぞき見されて、逃げるに逃げられないんだ」

「かわいそうに」彼女はそういいながら、自分のしなびた腹のことを思った。「梶の木はもう実をつけたわ。あの実が熟せばぐっすり眠れるわよ。あなたがそういったのよ。昔、母はいつもいってたわ。雨の中を出ていくんじゃない、靴を濡らすんじゃないって。きつい人でね、棒が折れるまで子供をひっぱたいたものよ。母は始終身体におできができてたけど、かんしゃくもちだったせいなの。でもあのころは、夢ひとつ見ずにぐっすり眠れたわ」

「ぼくが便所に用足しにいくと、戸の裂け目からだれかの片眼がのぞいてるんだ。事務室ではひがな一日、窓の外を向いてつったっているしかないし、一日そうしてると、まるで足がたたき折られたみたいになっちまう」

「かわいそうに」彼女はまたそういいながら、ひからびたぺしゃんこの腹に男の頭を抱きよせた。男の髪の毛はひどくごわごわして、ブラシのように一本一本さかだっていた。

やがて男が机からおりてくると、彼女はその手を引いて真っ暗な蚊帳の中に入っていった。股の骨をベッドの角にしたたかぶつけて、彼女は痛みに腰を曲げた。

ベッドのほこりが部屋中に舞いあがった。男に見られなければいいが、と彼女は気をもんだ。彼女はまだベッドに横たわっていた。例の飛ぶ毛布をかけて。男はもう帰ってしまっていた。男が腰かけていた机の上には、半円形の尻の跡が残っている。

男が来るまでは、地質調査隊の話を聞くのを楽しみにしていたのに、男は忘れてしまい、彼女も忘れてしまった。

長いこと殺虫剤をまかなかったため、虫が部屋の中でさかんに繁殖しはじめた。ちかごろは、あの新たに生まれたこおろぎがまた鳴きだしたが、とぎれとぎれで痛々しい、さも大儀そうな鳴き声を聞いていると、つい、手に汗を握ってしまう。老況《ラオコアン》はこの部屋は「虫の巣」だといっていた。あるいは、虫が怖いから越していったのかもしれない。三年前、姑は彼らの部屋で初めてこおろぎを見つけた。その日から老況《ラオコアン》は、姑にいわれたとおり殺虫剤をどっさり買いこみ、毎日二度ずつ時間どおりにまけといいつけるようになった。殺虫剤をまいてもこおろぎは育った。だがどれもみな病的で、鳴き声も哀れだった。姑は彼らの家でこおろぎの鳴き声を聞くたびに、さっと顔色を変えた。ほうきをひっつかむなり尻を高々とあげてベッドの下にもぐりこみ、ところかまわずたたきまくってあの虫けらを追いだしてから、ほこりまみれの顔で這いだしてきて「なんてこった」とわめいた。

ときには老況《ラオコアン》も加勢して、母子ともどもベッドの下にもぐりこみ、ふたつの大きな尻だけ出していた。終わると老況《ラオコアン》はいつも、感に堪えないようにいったものだ。

「もし殺虫剤をまかなかったら、この部屋はどんなていたらくになってたか!」

けさ彼女はベッドから起きると、こおろぎの病的な鳴き声を聞きながらひからびたぺしゃんこの胸と腹をたたき、長いこと殺虫剤をまいていないことを思いだして、つい、せせら笑った。今度老況《ラオコアン》が物を取りにきたら、ぜひ裏口の戸にも鉄格子をつけさせ、それから空豆をふた包みもってこさせよう(今では彼女も夜、空豆をかじるようになっていた)。メモを書いてことづけようとも思ったが、引き出しをいくら探してもペンがみつからないので、あきらめるしかなかった。

結婚してから一度、彼女の母親がたずねてきたことがある。あれは彼女の肺炎がようやく峠を越し、危機を脱したその日だった。母親は黒服に黒ズボン、黒頭巾のいでたちでやってきた。おおかた葬式にでも出るつもりだったのだろう。意識をとりもどした娘をたまげたように眺めながら、母親は不機嫌そうに口をへの字に曲げ、二本の指で娘の青白い指先をちょいとつまんでいった。

「こりゃ良かったじゃないの、良かったじゃないの」

そしてくるりと尻を向けると、ぷりぷりしながら帰っていった。どうやら無駄足を踏んだのを悔やんでいたようだ。老況《ラオコアン》が越していった後のある日、彼女はまた家の近くで黒服に黒ズボンの母親のうしろ姿を見かけた。汗をびっしょりかいて、むっちりした背中に服がはりついていた。遠く離れていたが、虚汝華《シュイルーホア》には、母親の身体から滲みだすあの風呂場のにおい、吐き気をもよおすようなお馴染みのにおいが感じられた。

母親と鉢合わせするのを避けるため、彼女はなるべく外出しないようにした。毎日の仕事の帰りにも飛びこむように家に入り、入るやいなや焦げ茶色のカーテンをおろしてしまった。ある日カーテンの裾《すそ》をまくってみると、木の後ろに黒い人影が見えた。案の定、まもなく母親がやってきて、戸口に一枚の紙切れを貼っていった。そこには、でかでかとこう書いてあった。

安逸を貪り労を厭い、いたずらに妄想にふけっておれば、必ずや意志衰退し、人間の屑となり果てよう！

それからも母親はたてつづけに書き付けを記し、ときには重しの石ころをくるんで戸の外に置き、ときには梶の木の幹に貼っていった。あるときは木陰にひそんでいて、彼女が戸をあけたとたんに石を包んだ紙を投げこんでくるので、どうにも防ぎようがなかった。虚汝華《シュィルーホア》はいつもそれを読みもしないで遠くに蹴とばしたが、するとまた木陰から歯がみして罵る声が聞こえるのだった。梶の木に黄金虫が飛んできたあの日の晩、彼女がベッドで毛布と格闘して全身に寝汗をかき、ほこりにむせていると、突然、窓の外に足音が聞こえた。ドン！　ドン！　ドン！　……なんとも不気味だ。震えおののきながら起きあがり、指で細くカーテンをあけると、頭のてっぺんから足の先まで黒ずくめの人影が見えた。影は揺れながら、にやにや笑っているようだった。戸にも窓にも鉄格子をはりめぐらしてあったが、生きた心地もせず、電灯をつける度胸もなかった。しばらくしてから懐中電灯でベッドの下や戸の陰や天井を照らしてみた。そんな思いがけないところに母親がひそんでいはしまいかと心配だったのだ。だが母親は窓の外をドン！　ドン！　ドン！　と、もどっては行き、行ってはもどりしながら、いやがらせのようにさかんに咳をしていた。ずっとそんな調子でようやく夜が明けたので、カーテンをあけてみると、なんと外には人っ子ひとりいなかった。

「もしかしたら、まぼろしだったのかしら？」

虚汝華《シュイルーホア》はびくびくしながら思った。

つづいて果てしない尾行が始まった。つきまとう追手をしばし振り切り、疲れはてて家にもどって肋骨をさすっていると、身体の中にもう、びっしりと葦が生えているのが感じられた。少し息をしただけで、ゴーゴーと恐ろしい音で鳴り響いた。きのうの午前中、母親は戸の外に「最後通牒」を貼っていった。こう書いてあった。


独断専行するならば、夜には必ずやコブラが復讐に参上しよう!!!


そこには赤鉛筆で、三つの憎々しげな感嘆符までそえてあった。それをはがしながら、彼女は隣のあの女が首を伸ばしてこっちを見ているのに気づいた。そっちを向くと、女はとたんに首をすくめ、こざかしくも知らんぷりをして、宙に向かって真面目くさってひとりごとをいってみせた。

「この木の葉が鳴りだすと、どうも落ち着かないね」

その後、彼女は板壁の向こうでひそひそと話す声を聞いた。

「もう悲しくてしようがないよ――」

隣の女が尾を引いていった。

「そのせいで、わたしは熱鍋の蟻《あり》みたいにじりじりしてるのよ」もうひとつの知らない声がいった。「人生はわからないものね……あなた、鏡を外に移してちょうだい。木に掛けておいても便利よ。ぜひ偵察をつづけてね。せっぱつまっておかしなまねをするかもしれないから、気をつけなさいよ」

その声は不気味で、身の毛がよだった。

「わたしはここを歩き回ってるけど、わたしの家でもだれかが中庭をぐるぐる回ってるの。まわりは漆《うるし》のような闇……もう、何日にもなるわ」その声はまだしゃべっていた。

ぎーっと戸がきしんだ。急いでカーテンをめくると、母親が黒い山猫のようにひらりと身を隠すのが見えた。隣で話していたのは、なんと母親だったのだ。

「あの母親、すっかり弱っちまったけど、大した根性だよ」慕蘭《ムーラン》は指で口もとの油をぬぐい、むしゃむしゃ食べながらいった。「だれかさんは隣近所を不安に陥れようと、さもいわくありげにして得意になってるけどね。でもよく考えてみれば、なんにもありゃしないんだ。中身はからっぽなのさ」

「ごみ入れの骨の滓《かす》にたかってた蟻が、テーブルじゅうを這いまわってるぞ」更善無《コンシャンウー》は女房をちらりと見ると、排骨《パイクー》のわずかな筋をむきになってかじり取った。「胃の中に、こんなどろどろがりがりした骨がつまってるから、ちょっと動くと突きささってくる」

「暑くなってきたよ」慕蘭《ムーラン》はわきの下を流れる汗をこすった。「一日おきに髪を洗わないとすぐ臭くなっちまう。われながらぞっとするよ」

第二章

（一）

汁気たっぷりの最初の赤い実が窓がまちに落ちたとき、棟続きの小さな家の戸と窓は炎熱の中でぱちぱちはぜていた。かみきり虫は呻吟《しんぎん》し、黄金虫はぶんぶんと飛び、室内のよどんだ空気は薄紅色を浮かべていた。虚汝華《シュイルーホア》は全身の汗をふきながら、頭をすっきりさせようと、酢づけきゅうりを二本食べた。

「きゅうりのにおいにつられて、つい来てしまったよ」戸があいて、ひょろ長い男の影が部屋に射した。

「あなたがた、木に鏡を掛けるんじゃないの？」虚汝華《シュイルーホア》がうらめしそうにいった。「わたしを偵察するために」

男は声をたてずに笑った。歯は真っ白で、二本のとがった犬歯が出ている。排骨《パイクー》を食べるために生えているのかしら？　もしかしたら、歯のすきまに排骨《パイクー》の残りかすがはさまっているかもしれない。虚汝華《シュイルーホア》は眉をしかめた。いつも隣から排骨《パイクー》を煮込むにおいが漂ってくるたびに、吐き気をもよおすのだ。

「毎晩ゆだったみたいに汗びっしょりよ」虚汝華《シュイルーホア》はまたこぼした。少しあまえたような口調で、われながらぞっとして鳥肌がたつほどだった。彼女は腹を指さしていった。「身体の中にはもう、葦がびっしり茂っているの。ほら見て、うそだと思うならたたいてみてよ、音がうつろでしょう？　以前は子供のことさえ考えたことがあるのに、わからないものね。ちょっとつまさきで立っただけで、風に吹かれて舞いあがってしまいそうな気がするわ。落ち着いて眠れやしない。この部屋はいつも風にかき乱されてるんだもの。わたし、一日中ぼうっとしてるって人にいわれるわ」

ベッドの上で、男の肋骨がごしごしと彼女をこすっている。短い、耐えがたい一瞬。

何度もせがまれて、男はついにある地質調査隊の話をした。

その物語は荒蕪《こうぶ》の中に生じ、初めから終わりまで炎熱に貫かれていた。地面は蜴《とかげ》と蝗《いなご》だらけで、太陽は終日頭の上で轟《とど》きながら、赤い火花を放っていた。

汗は毛穴から小川のように流れ出て、塩の結晶になった。

「その調査隊、それからどうなったの？」

虚汝華《シュイルーホア》が先を促した。

「それから？　なくなったよ。ほんの束の間のことさ。まるで意味もない。でもときについいいたくなるよ、ぼくだって地質調査隊にいたことがあるんだって。もっとも、ただいってみるだけで、他に何の意味もありゃしない。きみに逢ったときにはとうに、こんなざまだったんだから」

「もしかしたら、ごまかしてるんだわ！　結婚のことだってあるじゃないの」

虚汝華《シュイルーホア》は憤慨していった。

「そうだ、結婚ね、あれはひとかごの梅のせいだった。ふたりして食べても食べても食べ終わらないもんで、とうとう面倒くさくなって結婚しちゃったのさ」

「かわいそうに」彼女は憐れむように男の背をさすった。「口を開く前から、いいたいことはわかってたわ。あなたって、それほどわたしに似てるのよ。いつか夾竹桃の話をしてあげるわね、でも今はだめ。ねえ、まだ空豆がひと包みあるわ。老况《ラオコアン》が人にもたせてよこしたの」

ふたりは暗がりの中でぼりぼりと楽しそうに空豆をかじった。

鼠が一匹、ぼろきれの山の中で産気づき、がさごそ音をたてていた。

空豆を食べ終わると、どちらも気づまりな感じがした。

「この部屋には鼠がたくさんいるね」男が少しとげを含んでいった。

「そうなの。灰の中に寝てるみたい、体中がべとべとしてるもの」

早く帰ってくれないかとひそかに思いながら、虚汝華《シュイルーホア》は恥じ入って答えた。ちらりと腹に目をやると、ますます皺《しわ》がふえてぺしゃんこになっている。虚汝華《シュイルーホア》は男を迎えるためにけさ、おしろいまでぬったのを思いだした。壁のほうを向いていても、男のわきの下からしきりにすえたにおいの汗が流れ出し、貧弱な背中にも汗がしたたっているのが見える。髪の毛はぐっしょり濡れ、束になってくっついている。なんだかさっきの一幕を経て、身体中の骨がはずれ、うなぎやどじょうの類いの生き物になってしまったかのようだ。男の身体は今、ぬるぬるした粘液に包まれて、かすかに生臭いにおいを発していた。

「最近急に猫が飼いたくなってね」男がいった。まだ立ちあがる気配はない。「一匹、もう捕まえた。真っ黒けでやせっぽちで緑色の眼をしたやつだ。いつも意地悪そうにぼくを観察してるよ。きみの金魚はどうして死んじまったの？」

「老況《ラオコアン》がいうには、家中、暗殺の気配でいっぱいだから、脅えて死んだんだろうって。わたし、ちかごろ貼り絵に興味をもってるの。ときには真夜中に起きて、さまざまな模様を貼るのよ。今度、部屋の壁紙を全部はがして、いろんな形のを貼りつけるつもりなの。そうすれば家に入っただけで気がまぎれるから、想いも乱れなくなるわ。あなた、いつもここで寝ていて、少しも飽きないの？」

沈黙。ふたりとも、馬鹿なことをいったのを後悔していた。

更善無《コンシャンウー》は戸口を踏み出したとたん、西瓜《すいか》の皮をふんづけてひっくりかえってしまった。尻をさすりながら見てみると、敷居の下に皮が四つ五つ、一列に並べてある。その後また台所で、ピラミッド状に積み重ねられた西瓜の皮をみつけた。皮をかき集めてごみ入れに捨てにいくと、舅が家の外壁を鉄シャベルでせっせと掘っていた。煉瓦はもうふたつも掘り崩されている。舅のズボンのすそは高々とまくれあがり、毛むくじゃらの細いすねが出ていた。

「出ていけ！」彼は力まかせに舅を突きとばした。

舅は起きあがり、身体のほこりを払って鉄シャベルをかつぐと、唾を吐き、こぶしを振りあげて去っていった。

「おとっつぁんが、あんたの青磁の急須《きゅうす》を持ってっちまったよ」

慕蘭《ムーラン》が泣きべそをかいていった。その急須は更善無《コンシャンウー》の愛用の品だった。

「おまえ、死んでたのか！」

更善無《コンシャンウー》が吼《ほ》えた。

「だめだっていったんだよ。そしたらおとっつぁん、人殺しでもなんでもしてやるって脅すんだよ。やらないって保証はどこにもないだろう？　やるかもしれないじゃないか。わたしゃ、おとっつぁんが子供をひとり殺したのを見たことがあるんだ……もう、半分狂ってるのさ。それというのもみんな、あんたのせいだよ。実は何の能も無いくせに、家中の者をたぶらかして信用させて。おっかさんだってあんたに腹をたてたあげく死んだんだ……どうしてだよ？」女房はなんと、涙をぬぐいはじめた。

「口から糞を垂れやがる！」

更善無《コンシャンウー》はそうどなりつけると、どんと足音たてて家に入り、籐の寝椅子に寝ころんで天井の蜘蛛の巣を茫然と眺めた。

更善無《コンシャンウー》は聞いていた、鳥がこずえでちっちっと鳴きながら赤い実をついばみ、ひとつひとつ地面に落としていく音を。彼は、隣の女がいっていたあの精根つきはてて死んだこおろぎのことを思った。最後の鳴き声はどんなだったのだろう？　聞けたらよかったのに。だいぶ前から更《コン》善無《シャンウー》は木の実が赤くなるのを待っていた。木に赤い実がなれば、みんなぐっすり眠れるようになると、あの女にいったことがあるからだ。最初の赤い実が窓がまちに落ちたとき、彼は躍りあがって喜んだ。だがやはり、ぐっすり眠ることはできなかった。その日の晩さえ眠れなかった。あいかわらずじりじりと炎熱に灼かれながら木の下を歩きまわり、地上のあの赤い実を懐中電灯で照らして足で踏みつぶした。大きな月が出ており、地面に落ちている自分の影はなんだか滑稽だった。あの女のうめきが厳重に閉ざした窓を震わせ、窓の下には一匹の瀕死のこおろぎがいた。

彼女は今しも悪夢のただ中で、弱々しく、難儀な闘いをしているところなのだ。朝になると汗びっしょりで目を覚ますのも当然だ。夢など見ないという人もいるけれど、そんな人の夜は漆黒なのだろうか。あるとき更善無《コンシャンウー》はこらえきれずについ、慕蘭《ムーラン》にこのことをたずねてみた。ところが女房は眼をみひらいてしばらく彼を見つめていたと思うと、いきなりぱんと手をたたき、わっと泣きだしてしまった。更善無《コンシャンウー》の髪の毛はぞっくり逆立った。

その後、女房は枕の下にこっそり目覚まし時計をつっこんだ。それが真夜中に身の毛もよだつような音で鳴りだすと、女房はかっと眼を見ひらいてとびおき、大きなコップに水をくんできて、黄色とも黒ともつかない丸薬をむりやり彼に飲ませるのだった。なんだかにわとりの糞のようなにおいがしたが、もしかして糞で作ったのではなかろうか。そんな妙なまねがずっと続いたので、彼はとうとう怒り狂って例の目覚まし時計を包丁でめった突きにしてしまった。慕蘭《ムーラン》は脅えて血の気のひいた顔で、たんすのうしろに隠れていた。慕蘭《ムーラン》にも彼の不眠症がうつった。それ以来ぐっすり眠れず、夢こそ見ないものの、しきりにベッドの上をころげまわって、悲しげに臭い屁をひりながらつぶやくようになった。

「あいつの才能に見切りをつけてからというもの、胃腸の具合がおかしくなっちまったよ」

黒猫がまた腹をすかせたようにもの悲しく鳴きはじめた。娘の鳳君《フォンチュン》は、この猫を目の仇にしている。きのう彼が仕事から帰ってきたら、娘が猫の尻尾をつかんでナイフをふりかざし、今にも切り落とそうとしていた。大声でどなりつけると、ナイフはぽろりと床に落ちた。

「おどかしてただけよ」

娘はわざとらしく笑った。あの笑い方は外祖父にそっくりだった。きのう隣の女とベッドで寝ていたとき、更善無《コンシャンウー》は知らずに南京虫をひねりつぶしてしまった。こびりついた血をベッドのふちになすりつけながら、彼は、二度とこのベッドに寝るのはよそうと心に決めた。

「あんたんとこ、殺虫剤あるかい？」近所の麻老五《マーラオウー》が、あごに大きな瘤《こぶ》のある顔をのぞかせ、うすら笑いを浮かべていった。

更善無《コンシャンウー》は内心ぎくりとしながら、冷たくいった。

「とっくに無くなったよ」

じじいはあきらめずに部屋にもぐりこんできて、きょろきょろあたりを見まわした。

「これだっていいじゃないか」彼は蚊の駆除薬の瓶を取って出ていこうとした。

「そいつは蚊の薬だ！　うちで使うんだ！」更善無《コンシャンウー》が叫んだ。

「いいの、いいの！」麻老五《マーラオウー》はとぼけて、すたこら逃げていった。

「どうしてあんなやつを家に入れたのさ」女房が猫のようにそろりと入ってきた。「あいつは盗《ぬす》っ人《と》だよ！　物を借りにきたふりして、実は、夜の下見をしてるんだよ。あんたも馬鹿だねえ」

「むしろ何か盗んでもらいたいね。どうせ大したことはないんだ。おまえの親父だって毎日盗っ人に来てるのに、おまえときたら、内心喜んでるじゃないか。わけへだてするなよ。ちょっと何かが起きて、ちょっとはでに騒いで音をたててみるのも結構じゃないか。びくびくしてばかりいるのが能じゃないよ。おまえの親父は夜、うちの台所にひそんでる……どうもわからん」更《コン》善無《シャンウー》はことばを濁した。

「あの林《リン》じいさんたら、今度で三度め、またズボンにうんこ垂れてんの」慕蘭《ムーラン》は今さっきのいさかいも忘れて、うきうきしていった。

「林《リン》じいさんだって？　おまえが林《リン》じいさんなのじゃないか」更善無《コンシャンウー》は考えごとをしながら、ふと口走った。

「ばちあたりな」

「いや、ほんとにおまえこそ林《リン》じいさんなんだ」更善無《コンシャンウー》は真顔になった。「おまえときたら、そいつが糞を垂れたことばっかり気にしてるじゃないか。明らかに、自分のことを気にしてるんだ。おまえはきっと手帳を持ってて、そういう気になることをいちいちつけてるんだろう。おれは賛成だな、だって……」

　彼は相変わらず窓の外を眺めていた。今にも落ちそうにぶらぶら揺れている赤い木の実を見ながら、その実のためにひそかに気をもんだ。

「何に賛成なのさ？」女房はじっと彼の表情をうかがい、いよいよわけがわからなくなった。

「おまえたちのことに賛成だってことさ。何もかも、みんなこの木のせいで起こったんだ。なあ、まず花が咲いて家中が臭くなったと思ったら、今度は赤い実がなった。いったい終わりがあるのやら。このところおれは、ずっと寝てないんだ。ときどき眠くて気が狂いそうになる。自殺でもしやしないかと心配だよ」

亭主の魂の抜けたような顔を見ていると、慕蘭《ムーラン》も腹の立てようがなかった。何かの邪気にあたったにちがいない、こんな気違いじみたたわごとをいうなんて。

「おまえと林《リン》じいさんは、実は同一人物なんだ」ひと息入れると更善無《コンシャンウー》はまた続けた。「おまえが何か考えているとき、じいさんにも聞いてごらん。きっと同じことを考えてるから、ためしてみたらいい。べつに驚くにはあたらないさ。この屋根の下の住人だって、いつも同じ話をして、同じ夢を見て……」

彼はふと口をつぐんだ。虚汝華《シュイルーホア》が口癖のようにいっていることを受け売りしていたのに気づいたからだ。壁の向こうで聞いていていただろうか。

「なんでわたしと林《リン》じいさんが同一人物なのさ？　ばかばかしい。いいかい、じいさんはズボンにうんこ垂れて、世間のもの笑いになってるんだよ」女房は心もとなげに弁解しはじめた。

「それだって同じことさ。おまえがじいさんを笑うときは、おまえ自身が笑いものになってるんだ。じいさんのことをいいだしたとき、おれはてっきり、おまえが自分のことをいってるのかと思った。おまえは内心怖がってるんだ。子供みたいに頓狂なことをいったって、それが何の役にたつんだ?」

女房は自分と林《リン》とかいうじいさんを区別しようとやっきになっている。連中がなんとしてもだれかを笑いものにしようとするのは、実は怖いからなのだ。自分を暴露してしまうのが怖さに、何かあっと驚くようなおかしなことを見つけたふりをするのだ。たとえば慕蘭《ムーラン》はいつも糞を垂れたの何のといったことを手帳につけて、自分の発見ということにしている。いやでも何かを発見しなければ、驚いたふりはできないからだ。知りあった当初から、慕蘭《ムーラン》はもうこの手の芝居をやっていた。あのころ街には小麦粉を練った油餅《ユウピン》を揚げている老人がいた。ある日のこと、慕蘭《ムーラン》はさもいわくありげに彼を老人の家の戸口によびよせ、すきまからのぞいて見るようにいった。「すごい見世物」をやっているというのだ。背をかがめてしばらくのぞいて見たが、別段変わったこともない。ところが彼女はかたわらで笑いころげ、「おかしくて死にそう」などといっている。なんだ、おれのことを笑っていたのか、随分たってから、更善無《コンシャンウー》はようやく合点がいった。

「なぜおれのことを笑ったんだ?」あとから彼はたずねた。

「ばかだからさ」

「じゃあ、おまえはどうなんだ?」

「わたしがばかなわけがないだろう? ばかだったら、あんたがばかだと見ぬけるはずがないじゃないか」

「そうだったのか」

女房の底が見えてしまった。

だが女房はそれとも知らずに、あいかわらずつまらぬ芝居をつづけている。

きょうはずばりといってやったので、せいせいした。

「食前に水を三口飲むと、気持ちのバランスがとれるよ」女房はまだくどくどしゃべっている。

「大事なのは地に足をつけた態度さ。ぼうっとしてちゃだめだね。あんたにゃ、隣の夫婦がいい教訓だよ。前々から連中のやることはどう見てもおかしいと思ってたよ。自分は並の人間と違うというような、ああいうわけのわからんふるまいが、しまいにゃどうなった？　これこそためになる教訓じゃないか。もしも……」

きのう所長は鸚鵡《おうむ》の飼育について大いに語り、あいまいなもってまわった言い方で、更善無《コンシヤンウー》が上物の鸚鵡を世話してくれれば、目をかけてやる云々とほのめかした。わかるな、鸚鵡を飼うというのは高尚な趣味なんだぞ。所長はそういいながら、にっと細めた眼をぎらりと光らせた。ところが更善無《コンシヤンウー》ときたらその間中、ぼんやりとあらぬことを考えていたので、しまいにとんちんかんな合いの手を入れてしまった。

「猫を飼っておられるんですか？」

所長は彼のがりがりに痩せた背中をたたくと、ぎょっとするような大音声で笑いだし、小さな涙のしずくまで二滴こぼしたものだ。麻老五《マーラオウー》はきっともう、例の蚊の駆除薬を家にまいてしまったにちがいない。あのくそじじいときたら、ズボンをきちんと留めておかないものだから、やたらにずり落ちてきて、あの恐ろしい物がむきだしになってしまう。やつは羽根のすっかり抜け落ちたおんどりを飼っていて、毎日のように必死で後を追いかけまわし、ときには石をぶつけて、おんどりの背中がこぶだらけになるまでやめようとしない。じじいは彼のことをひどく軽蔑している。彼が書類鞄を小脇に抱え、こせこせと街を歩いているのを見かけるたびに、鼻先でせせらわらって「低能《ティーノン》」というのだ。その二文字をことさら鳴り響かせて、いやでも聞かせようとすることさえあった。

この老人に軽蔑されていることで、更善無《コンシャンウー》は随分と悩んだ。勤めの行き帰りには、どうしてもその家の前を通らなければならないからだ。彼は老人を避ける手だてをあれこれ考えた。たとえば向かいの公衆便所に隠れていて、老人が入っていくやいなや飛び出していって戸口の前を一気に駆けぬけてしまったり、同僚を引っぱってきておしゃべりしながら歩いてゆき、老人には目もくれないふりをする、などだ。ところがこの麻老五《マーラオウー》というのは、実に執念深い男だった。相手が逃げを打とうとするのを嗅ぎつけるや、常にもまして勤勉になった。出勤と帰宅の時間を見計らってじっと待ちかまえ、更善無《コンシャンウー》がやってくるとすかさず出ていって鉢合わせする。そして後ろ姿に向かって憐れむように、彼が気も狂わんばかりに恐れている例のことばを浴びせかけるのだ。それはもう、麻老五《マーラオウー》の無上の楽しみになっていた。雨が降ろうが雪が降ろうが、ぬかりなく傘を用意して戸口に控え、御到着を待つのだった。ある日更善無《コンシャンウー》は風邪で勤めを休み、これ幸いとベッドに横になって、老人の侮辱から逃れられたことを喜んでいた。ところがふと顔をあげると、窓の外に麦藁帽子をかぶった人影が立っている。見たような顔だなと思ったとたん、影はさっと消えてしまった。しばらく考えてからようやく、あれが麻老五《マーラオウー》だったことに気づいた。なんと変装して病状をうかがいにきたのだった。

「この部屋はちょっと湿気てるな」女房の勤める工場の課長が表の部屋で大声でしゃべっている。

「あいつはばかだよ」妻がため息をつき、うんざりしたようにいった。

「そう、ばかだ」課長がよく響くげっぷをした。

「おまけに依怙地《いこじ》ときてる」

「そうとも、依怙地ときてる」

「あんたの耳の中に生えてるこの二本の毛を切って、箱にとっときたいねえ」

「何っ！　あんまりおどかすなよ」

「記念にするのさ、このお猿さん！」

「お猿さんなんていうなよ。おれはおんどりさんだぜ」

「蜘蛛さん、蚤《のみ》さん、蝗《いなご》さん……」

課長が突然こけーっと、めんどりが卵を産んだような声をだした。続いてまた二度、三度とこけーっ、こけーっ……なんと、笑っているのだ。笑うわ笑うわ、しまいに部屋中が震えだし、床も震えて戸棚の皿はかたかたと鳴り、空気はツーツーと鋭い叫びをあげた。更善無《コンシャンウー》は胆をつぶして耳をふさぎ、裏口をあけて外に跳びだした。十分もたってからやっと不気味な笑い声はおさまった、と思うと、また家の中からボンとくぐもった音がした。板壁のすきまからのぞいて見ると、女房と課長が抱きあってベッドの下をころげまわっている。

「なんだ、けんかをしてたのか」彼はほっとため息をついた。「あのベッドの下には蠍《さそり》がいるんだが……」

課長が出ていくと、更善無《コンシャンウー》も慕蘭《ムーラン》とけんかをはじめた。初めはふざけて女房をベッドに押し倒し、くすぐっていたのだが、急にむかっとして蹴とばしてしまったのだ。女房は金切り声をあげながら跳びかかってきて嚙みついた。彼の首ねっこを締めあげ、力まかせに壁に頭を打ちつける。息はつまり、おぞましさに全身が震えた。やっとのことで身をふりほどくと、狂ったように女房の急所を蹴りつけた。そこへ娘が入ってきた。娘はかたわらでしばらく冷ややかに観察していたが、やがて、いきなりあの黒猫をひっつかんでふたりの間に放りこんできた。ふたりはあっけにとられて矛《ほこ》をおさめた。娘は蔑《さげす》むような笑いを浮かべ、すっと出ていった。黒猫が彼のうす汚れたズボンの足を柱がわりに、うれしそうに爪をとぎはじめた。

「生きるのは骨が折れる」更善無《コンシャンウー》は慕蘭《ムーラン》にいった。「それというのもみんな、眠れないせいなんだ」

「あの隣の女には、もっと監視を強めるべきだね。ちかごろは夜どおし電気がついてて、真夜中にも壁のすきまから明かりが漏れてくる。一度こっそりのぞいて見たら、あいつったら、女の尻の絵を集めてるんだよ。壁中にそんな尻が貼ってあって、もう見てられやしない。ひょっとしたら、あの女、こっそり春画を売って商売してるんじゃないかい？」

女房は出ていった。更善無《コンシャンウー》は女房の靴を片方、裏のどぶに放りこみ、ひとしきりひーひーと笑った。麻老五《マーラオウー》の彼に対する侵犯行為は、すでに忍耐の限界を越えていた。きょう麻老五《マーラオウー》は公衆の面前で彼の腕をつかみ、手に南京虫を一匹つっこんだ。そしてぴょんと跳びのき、まわりを取り巻く人々に、こいつの個人的な秘密をばらしてやると宣言した。彼は胆をつぶし、頭をかかえて逃げだした。

「おれは百まで生きてやるぞ！」麻老五《マーラオウー》が後ろから宣告した。

(二)

彼女は山積みにした新聞紙を探し出して、はさみで細く切った。それから梯子《はしご》を運んできて上に登り、板壁のすきまをひとつひとつ丁寧にふさいでいった。夜なべしてせっせとやっていると、すえたにおいの汗がしきりに流れ、部屋のほこりでひと筋ひと筋汚れた跡がついていった。

隣の連中が騒ぎだしても、虚汝華《シュイルーホア》は家に座ったままでいた。カーテンの大きな穴から一匹の醜いまだらの蛾がもぐりこんできて黄色い汁を垂れ、カーテンにびっしりと卵を産みつけた。虫《むし》酸《ず》が走るような眺めだった。炎熱は日に日に激しさを増していたため、彼女は家に入るやいなや素裸になっていた。鏡には馴染み深いしわだらけの肢体が映っている。虚汝華《シュイルーホア》はまたぼんやりとあの男を、あのひょろ長い影を、思いだした。記憶の中では男はそんなふわふわした物にすぎず、とらえどころがなかった。ふたりでベッドに寝ていたときの情景を懸命に思いだそうとしても、思い浮かぶのはとぎれとぎれのあるかなしかの断片にすぎなかった。テーブルのほこりも掃いてしまったため、半円形の尻の跡さえ残っていなかった。

ひょっとしたら、まったくの勘違いだったのだろうか。たしかに初めのうち、自分には欲望のようなものがあった。だがこの前いっしょにあの空豆を食べ終わり、地質調査隊の話を聞いてからというもの、欲望はあとかたもなく消え失せてしまった。（あるいはもともとそんなものは存在しないのに、自分をごまかしていただけなのかもしれない。）何日もの間、虚汝華《シュイルーホア》は男が不意に跳びこんで来はしないかとびくびくしていた。戸にかんぬきをかけ、蚊帳にもぐりこんで背中にびっしょり汗をかきながらしきりに悩んでいた。連中の騒ぎは手にとるように聞こえたがべつに興味もわかず、今はただ、例の蛾を固唾を呑んで見守っていた、ベッドに飛んできて卵を産みつけはしないかと。

「あの男はうさんくさい変人なのよ」

虚汝華《シュイルーホア》は平気でそう思った。男が自分に似ているといったことさえすっかり忘れていた。蚊帳の中は蒸した。二匹の大きな蠅が蚊帳の天井でぶんぶんうなりながらくっつき合い、つがっていた。外には太陽がぎらぎら照っているのに昼は薄暗かった。彼女の記憶では、昼はいつも薄暗かった。梶の木も小屋もその薄暗がりの底に沈み、閉めきった部屋の中では蚊がうっとうしい歌をうたっているのだった。きらきらと輝く昼は、いっときしかなかった。それは夾竹桃の苦さとともにやってきた。あのころ、生い茂った木の葉は火がついたように地面にひとつひとつ輪を描き、銀貨でもまきちらしたように見えた。病んだこおろぎのうめきも聞こえず、ただ二羽のじゅずかけ鳩だけが、朝から晩まで寝言のようにやさしく鳴いていたものだ。

虚汝華《シュイルーホア》の父親はエンジニアだった。

「この子は将来、父親の跡を継ぎますの」

子供のころ、母親はしょっちゅう吹聴していた。だが虚汝華《シュイルーホア》は父親の仕事を継ぐことができず、駄菓子屋の売り子になった。母親はそのせいで彼女を心底憎み、「あの子が永遠に安らぎを得られないよう邪魔してやる」と誓った。

「こいつのせいで命がちぢむわ」母親は逢う人ごとに泣いて訴えた。「まるで毒蛇なの、どうして？」

母親はものごとをひどく気に病むたちだった。ひょっとしたら父はそれに耐えきれずに飛びだして、街で煙草の露店を出しているあの老婆と同棲するようになったのかもしれない。母は毎日街に買い物にいくたびに、老婆の家の低い軒下から父が出てくるのを見かけたが、つまらぬ見栄を捨てきれないので、そしらぬ顔でいるしかなかった。老況《ラオコアン》はきのうまた人に託して空豆を届けてきた。今度のはずいぶん硬く煎《い》ってあったため、噛み心地が悪く、こめかみが張ってならなかった。仕事の帰りに虚汝華《シュイルーホア》は、老況《ラオコアン》が姑にしっかり腕を取られて街をぶらついているのを見かけた。姑は目もさめるようなクレープデシンの服を着て、例のおんぼろの麦藁帽子をかぶっていた。ひからびたうすっぺらな身体は、斧で切りだしたように見えた。老況《ラオコアン》は顔の色つやもよく、以前とはうってかわった自信ありげな様子で、元気よく足をふりあげて道端の煉瓦のかけらをけとばしていた。

「人生には、はっきりした目標がなくちゃいけない」

姑がきっぱりというのが聞こえ、ぼろの麦藁帽子を自信たっぷり手に取って、肚《はら》を決めたようにほこりを払うのが見えた。虚汝華《シュイルーホア》が前を通りかかると姑は彼女に気づき、落ち着きはらって蔑むように二度うなずいてみせた。そして老況《ラオコアン》の腕を取り、さもはっきりした目標ありげにわきを通りすぎていった。

「この麦藁帽子には、並々ならぬ意味があるのさ……」

姑の口調はいやに熱っぽかった。内心の空虚をごまかすためだ。

「香水までつけてたんだわ」

虚汝華《シュイルーホア》はふたりがあんなに真面目くさっているのを見ると、つい吹きだしたくなるのが常だった。しかし今度は笑えなかった。ある家のカーテンが揺れ、だれかがその陰から自分を観察しているのに気づいたのだ。そいつは窓を押しあけて、しばらくうがいのまねをしてから、ぺっと外につばを吐いた。そしてじろりと彼女をにらむと、また窓を閉めた。あるいはまだカーテンのすみに隠れているのかもしれない。姑たちはもう遠ざかっていたが、声は風に乗っていつまでも耳もとに伝わってきた。

「曇りない明るい心でいれば、限りない力がわいてくるものさ……」

昼は薄暗いのだ。真っ昼間からテーブルの上を鼠の群れが走りまわり、ずしんずしんとばねのきいた足音をたてている。虚汝華《シユイルーホア》が目をつむると、たちまちひまわりの花が見えた。ひとつ、またひとつ、かっかと燃える、黄金色の……。

「ぼくはもう、生きていけない」

男の声が泣くように尾を引いていった。肩がふけで真っ白になっているのが見える。

「まるで実感がこもってないわ。お芝居はやめなさいよ」虚汝華《シユイルーホア》は戸をあけ、腕組みして傲然と男をにらみつけた。「なんてざまよ、笑わせるわ。ねえ、ここに一匹変な蛾がいるの。へばりついて離れないから、たたき殺してちょうだい」彼女はほうきを指さした。

男はひょろ長い背中をかがめて近づくと、ばしんとほうきでたたいた。蛾はぽとりと床に落ちた。

「ぼくは意気地がなさすぎるのかもしれない」男はいたたまれなかった。「もちろん、きみはみんな聞いてたんだ。でもべつにたいしたことじゃない、そうかい? こんなざまじゃ、ぼくはまるで猫いらず売りの婆さんだよ」

「すき好んでやってるだけよ」虚汝華《シユイルーホア》はふうっとため息をついて、足で蛾を踏み潰した。「あなた、わたしの母に似てきたわね。母みたいな生き方も楽じゃないわ。朝から晩までぷりぷりして、そこら中駆けずりまわってるの。ご苦労なことよ。ときどき、よく今日まで生きてこれたものだと思うの。しまいには癌《がん》になって死んじゃうんじゃないかしら」

「ぼくはちかごろ、何の夢も見ないんだ」男はもぞもぞいうと、戸口のほうへと退却した。戸をあけるつもりらしい。

「そうでしょうよ、忙しいんだもの」虚汝華《シュイルーホア》は鷹揚にいった。「あなたはずっと前から変わってみたいと思ってたのよね。もしかしたらうまくいくかもしれないわ、前から努力してるんだし。どんなに難しいことか想像もつかないけど……」

「そりゃ難しいよ。ぼくなんて、まるで白痴みたいなものさ」男は憤懣に堪えかねて足をとめた。「あらゆる人は何をいっても、何をしても、ちゃんと定義できる。ところがぼくときたら何者でもないし、変わることもできやしない。四苦八苦して他人の歩き方をまねても、事務室の窓際で思索にふけっているふりをして、まる一日足が折れそうになるまでつっ立っていても……。でもぼくを定義することだってできるんだ。つまり、この何者でもない人間、とね」

男はちょっと間をおいて、またいった。「ここ何十年か、ぼくはずっとこうだった。きみはどうなんだ?」

「わたし？　ああ、わたしはね、いつもあなたのことを思いだせないの。わたしから見れば、あなたなんて影みたいなものよ。たしかにあなたは何者でもないわ。でも、わたしだって同じ。ただそんなことでは悩まないし、変わりたいとも思わないわ。もうひからびてるんだもの。前にもいったでしょう、葦が茂ってるって。わたしの悩みの種はただひとつ、この毛布だけよ。今度これが飛ばないように、寝る前にベッドの枠に打ちつけておこうと思うの。わたしたちみたいな人種の中には、変わろうとして、普通の人になるのに成功する人もいるわ。だけど、うまくいくはずがないのに、自分が何者でもないのが不安でたまらず、なんとか定義づけしようとして、じたばたと一生を徒労に終わる人もいるのよ。あなたも成功しそうにないわね。骨だって重そうだし、関節炎にまでかかってるんだもの。人前でくるっと回るのだって容易じゃないわ。でもほら、わたしを見て。酢づけきゅうりを食べて、悠々と暮らしてるわ」

「近所のやつが猫をかぶって殺虫剤を借りにきて、目の前から蚊の駆除薬をふんだくっていった。女房はひどい屈辱だといってるよ」

「そんなこと、屈辱でもなんでもないわ。あなただって実は、屈辱的だなんて思ってないんでしょう？　どうしてここに来てまでお芝居するの？　だめよ。そいつのことを、つまりその近所の人のことを、そんなに怖がる必要はないわ。ねえ、暗闇の中で木の幹が炸裂する音を聞いた？　この木はほんとに怒り狂うの。葉っぱがみんなはじけて火花を散らしてるのを見たわ」

「ぼくはずっと何の夢も見てないんだ。じゃあね」男は出ていった、テーブルの上に半円形の尻の跡も残さずに。

　男が「じゃあね」といったときのおどおどした様子に、虚汝華《シュイルーホア》は大いに溜飲をおろした。男のシャツがひどく汚れて垢じみているのに、彼女は気がついていた。わきの下のあたりは糸までほつれ、いかにもうらぶれて見えた。おおかた女房がつむじを曲げて、繕《つくろ》ってもくれないのだろう。それなのにまだそらぞらしく「夢ひとつ見ない」などといっている。妙な話だ。

実は、彼は木の幹が炸裂する音を聞いていた。葉っぱの火花も見ていた。それなのに「夢を見ない」などといったのは、うしろめたいからだった。あのとき更善無《コンシャンウー》は跳びおきて、窓をピシャリと閉めた。数えきれない蛾が、火花を散らしながら家に入ってこようとしていた。窓の外の青ざめた月光の下には、ざんばら髪の裸の女がぬうっと立っていた。その身体の線に彼はどきりとし、身体中に湿疹が出た。寝ようとしたら、後ろ頭が枕に触れたとたん、何か鋭い物でちくりと刺された。枕をひとしきりたたいてからひっくり返して横になると、とたんにまたぶすりと刺され、思わず「あいたっ」と悲鳴をあげた。あの女は窓ガラスの向こうにしなびた乳房をだらんと垂らして立ち、全身から火花を散らしている。女は声もなく、そっと唇を動かした。

「何をごそごそしてるのさ?」

女房がどんと彼を蹴った。

「赤い実がさかんに瓦の上に落ちてるんだ。何も聞こえないのか?　ちょっと外を見てごらん、変な物が立ってるから」

「ばかいうんじゃないよ」彼女は靴をひっかけて窓際にいき、窓をあけて顔を出してみた。「ふん、おどかすんじゃないよ。おおかた昼間吊るしたあの鏡に反射してるんだろう。そのせいで眠れないのかい？　まったく神経が細いね。どうしてそんなにやわなんだろう。外してきてやるよ」

女房はどたばた出ていって、またどたばたもどってきた。

「あしたあの坊主を呼んできて、御祓をしてもらおうか。この家には大分前から幽霊が出るという人もいるしね。わたしが鏡で隣のやつの挙動を偵察しているわけを知ってたかい？　前々から怪しいとにらんでたのさ！　連中、魔よけはやったが効き目はなかった。だからあの男は出てったのさ。ねえ、気づいてたかい？　あの女のほうはまちがいなく、もう取り憑かれてるよ。いつぞやの晩は、部屋の中でどたんばたんと何かと取っ組み合ってた。あんた、決してあの女のほうを見るんじゃないよ。眼に二寸釘が仕込んであるのさ。わたしゃ、あいつが子供に向かって釘を発射するのを見たんだ。その子は痛がってぎゃあぎゃあ泣きわめいてたよ」

所長との例の談話のせいで、更善無《コンシャンウー》はみんなのもの笑いになっていた。あの日、安国為《アンクオウエイ》が事務室で、大声で彼にいった。

「おい、いい猫がいるかい？　一匹世話してくれよ！」

他の者たちは、互いに耳うちしたり目くばせしたりしていたが、中のひとりは指につばをつけガラスのほこりの上にでかでかと猫の落書きまでした。彼が脅えて立ちすくんでいると、みんなは今度は一匹の鼠を追いかけはじめた。わーわーきゃーきゃー、ごつん、どしん、どさくさまぎれに彼を押しのけ突きとばし、壁にたたきつけたかと思えば、机にたたきつけた。

「ぼくはべつに猫なんて飼っていないのに……」彼は痛む腰をさすりながら、しどろもどろにつぶやいた。

「なんだって？」みんなが立ちどまった。鼠を追いかけるのもやめて、興味津々で取りかこみ、食いいるように見つめている。

「なんて、いったんだ？」

「今いったのは……いおうとしたのは——ぼくはちょっと特別な感じ方をするってことさ」彼はおずおずとみんなを見ながら口をつぐんだ。

「聞いたかよ！」みんなはぴょんぴょん跳びはねながら笑いころげた。「こいつには超能力があるんだってよ！　なあみんな！　やつも大ぼら吹くじゃないか！　はっはっは!!」

「はっはっは」彼もためらいがちに笑いだした。何かしら態度を表明せぬわけにはいかなかったからだ。

鼠がまた机の下から走り出てきた。みんなはどっと後を追っていった。更善無《コンシャンウー》もふと、彼らの一員になったような気がして、やはり追いかけていった。

「待てよ！」安国為《アンクオウエイ》が彼の首ねっこをひっつかんだ。「おれは、きみがべつに猫なんて飼ってないってことを、所長に報告するぜ」彼はにやにやしながらいった。

更善無《コンシャンウー》は身もちぢむ思いで何日もすごした。だが所長はいっこうにやってこないばかりか、遠くから彼を見かけても避けて通る始末だった。しかしあるとき更善無《コンシャンウー》は偶然事務室の前で、所長の彼に対する評価を立ち聞きした。所長は彼のことを「滑稽な老いぼれた鸚鵡さ」といい、そういうやいなや、すさまじい大声で笑いだしたのだ。

「なんでこう足の指が痒《かゆ》いんだ、ええっ？」所長は息もたえだえにいった。「笑うととたんに痒くなりやがる。畜生め！」

しとしとと雨の降る朝、麻老五《マーラオウー》はまた街で更善無《コンシャンウー》の行く手をさえぎり、ズボンに青洟《あおばな》までひっかけてきた。彼はついに生まれ変わる決意をかため、勇気を奮いおこして、所長の家に向かっていった。

乱れに乱れた部屋の様子に更善無《コンシャンウー》はどぎもをぬかれ、廃品回収所にでも迷いこんだのかと思った。ありとあらゆるがらくたが天井までぎっしりと積み上げられ、中二階の二つの大きな納戸《なんど》は重みで今にも落ちそうにゆさゆさと揺れている。彼は目をぱちくりさせながら、ほこりをかぶった無数の家具雑貨の山にあるものを見分けた。酒甕《さかがめ》ひとつ、柄の取れたスコップ一丁、じゅず一連、素焼きの茶碗ひと重ね、鳥かごひとつ（中には二羽の死にかけた鸚鵡が立っている）、女の髪の毛の大きな束（中二階から人をおどかすようにだらりと垂れている）、三本脚の旧式寝台、生殖器の石膏模型ひと山、鮫《さめ》の頭骨、折れた杖……。その片隅で、所長と夫人が食事をしていた。御飯もおかずも竹の鳥かごの上に並べてあり、その鳥かごには黄色いめんどりが一羽飼ってあった。所長夫人は真っ黒な土人形のようで、目玉はまったく動かない。

「あの、もしかしたら……」彼はおずおずと口を開くと、がらくたをよけながらそろそろと歩いていった。「考えてみたら、例の上物がなんとか手に入りますよ」

「ほほう？」所長はぎょろりと白眼をむいて嚙むのをやめ、更善無《コンシャンウー》の服に赤い鼻を寄せてくんくんとにおいを嗅いだ。

「どうだ、印象は？　視野が広がっただろう？　あの鮫の頭骨を見たか？　どうだ、感想は？　これできみも事務所に行けば、でかい口がたたけるというもんだ。運のいいやつさ！　だが、あの二羽はたしかに目もあてられない。何が鸚鵡なもんか、まるでからすだよ。おい、その寝台には座るな。脚が三本しかないんだ。こっちの鳥かごに座れよ。うちでは客が来ると、よくそいつを腰掛けにするんだ。今度きみが上物を世話してくれれば、奥の二間も見せてやるぞ。しかし今はだめだ。まず上物をよこすんだ。ただで見せて、でかい口をたたかせてやるつもりはないからな。きみもそんなつまらぬ料簡《りょうけん》は起こすんじゃないぞ。なあ、連中はきみが陰険だといってるだろう？　ひょっとしたら、みんなをあっといわせようとして、ひそかに切手蒐集でもたくらんでいるんじゃないか？　ふん、そういうことなら、しっかりわしについて勉強せにゃならんな」

「実はぼく、真剣に考えてるんです。本当に生まれ変わろうと……」

「しっ、黙って！　ちかごろ心臓の調子がおかしいんだ。それでよし、それでいいんだ」

所長はおおらかに彼の背中をたたき、またふと思いついていった。「遅くとも、あさってまでにしてくれ。あさってを過ぎたら、奥の部屋の宝は見せてやらん。わかったな？　わしの宝を見そこなったら一生後悔するぞ。後悔したまま墓に入るんだ！」所長は太い指を立てて、警告するように彼の顔をつんとつついた。「一級品だぞ！　この世に二羽といないやつだぞ！　わかったか？」

このごろ更善無《コンシャンウー》は日ましに衰えを感じていた。ときおり地質調査隊のことを思いだすこともあったが、ああした光景はもうはるかかなたに遠ざかり、縮んでぼんやりした小さな光の斑点になっていた。日中彼はよく、なんとも不思議なことをしている自分に気づいた。あるときはのこぎりでベッドの脚を切ろうとしていたし、またあるときは女房の靴下の上に小便をしていた。隣の女はそれでも知らん顔で、きゅうりをかじっていた。そのことを思うと彼の心は麻のように乱れた。蚊があの部屋にひしめき、運動会を開いている音が聞こえる。板壁には目張りがしてあるのに、女の腰骨がベッド板をごりごりこする音やあの弱々しい喘ぎは、あいかわらず聞こえてくる。どうして老いるにつれて、耳がますます鋭くなっていくのだろう？　たとえば慕蘭《ムーラン》には、何も聞こえたためしがない。赤い実が瓦に落ちる音も、木の幹が炸裂する音も、蚊が隣の部屋で騒いでいる音も、女がベッドの上で転々とする音も聞こえないのだ。女房は毎晩寝床で消化不良の屁をひっている。以前の母親の放屁癖が遺伝したのだ。ときに彼はおずおずと、何か聞こえなかったかとたずねることがあった。慕蘭《ムーラン》はそのたびにかんしゃくを起こし、あんたみたいなやつは「生まれつきの下種《げす》づら」で「ひそかにうしろ暗いことを考えている」というのだった。

彼が餌をやっていたあの黒猫は、もう家を飛び出していた。ときたま帰ってきても、陰謀家のようににおいを嗅ぎまわり、彼にむかって媚びるように鳴いてみせると、またそそくさと逃げていった。彼はその尻尾が半分しか残っていないのに気づいた。娘に切り落とされたのだろうか？どうやら娘はとうとう首尾よく思いをとげたらしい。ところが彼がわざと冗談めかしてこのことをもちだすと、娘はなんと、妙な格好で泣きだし、裏の井戸に身投げしてやるとか、もうこんな家には飽き飽きした、とうにうんざりしていたのよ、などとほざいた。まるで自分だけは清廉潔白だとでもいわんばかりに！

ある日、真っ暗な窓から熱にうかされたたわごとが漂い出ると、ついに最後の赤い実が、びちゃりと瓦の継ぎ目に落ちた。

（三）

「雑念は、堕落を招く導火線」

この文句を母親はもう五回もくりかえし、今は、つばを吐いている。老况《ラオコアン》がもどってきてからというもの、母親は毎晩大だんすの陰の暗がりにすわってボール箱の中にひっきりなしにつばを吐いているのだ。どこにも出かけず、だれもたずねてこない。初めは彼も妙だと思ったが、あとで母親がそのわけを教えてくれた。

「わたしは今、魂を清めてるのさ」

そして老况《ラオコアン》はその日から、有名人の語録作りに熱中するようになった。この二ヵ月でもう大きなノートに二冊も集め、やればやるほど興が湧いてくる。

「有名人の思想には測りしれない深みがあるね」彼は他人と話すとき、まずこんな風に切りだした。「ちょっと考えただけでもう、おそれいりましたと頭が下がる。生きる目的を見出すまでは、ぼくの心は真っ暗闇だった。どうして生きてきたのかもわからないほどだ。でも今や、何もかもが違って見える。人生の意義に目覚めたんだ……」

もともと老况《ラオコアン》は無口なたちだった。だが今ではなんと、ばあさんみたいに逢う人ごとに、くどくどと打ち明け話をするようになった。

「あの子は新たな人生に奮い立ってるのさ」ある日彼は、母親が煙草屋の露店を出している老婆にこういっているのを聞いた。（その老婆は、骨と皮ばかりに痩せ衰えた禿げ頭のエンジニアと同棲しており、そのエンジニアのことを、こたえられないほどいい男で「なんともいえぬ高級なムードが漂ってるよ」といっていた。）「これこそ生まれ変わったというものさ。考えてもごらんよ、三十も過ぎて、突然人生の意義に目覚めたんだからね！」

毎日夕方になると、老況《ラオコアン》は母親と連れだって街に散歩にでかけた。腕を組み、足どりも軽く、意気高らかに……。心の中にはかつてない、みずみずしく誇らしい気持ちが湧きおこった。そんな気持ちで胸がいっぱいになると矢も楯もたまらず、道ばたの石ころを蹴とばし、電信柱を殴りつけ、わっはっはっと身を揺すって大笑いでもしたくなるのだった。ときにふと、梶の木の下の暮らしを思いだすこともあったが、なんだか朦朧《もうろう》とした夢のようで、空豆をかじっていたあの眠れぬ夜や、もがいてもぬけだせないあの恐怖が蘇ると、今でも顔が青ざめ、冷汗がだらだら流れた。

「何もかも酢づけきゅうりのせいだよ」老況《ラオコアン》は母親にいった。「偏った嗜好は、よく罪作りな欲を起こさせるからね。同僚のかみさんで、臭豆腐乾《チョウトウフカン》、つまり醱酵させた塩づけの豆腐の燻製なしには夜も日も明けない人がいたんだ。ところがある年の冬、それが手に入らなかった。すると食いたさ余って気が狂ってね、なんと自分の亭主を殺《や》っちまったのさ。ほんとに厳しい教訓だよ」

「おまえのかみさんなんて、そんな人間は決して存在しないんだからね」母親がひとことひとことを歯のすきまから押し出すようにいった。門歯には虫歯の穴がふたつあった。「あの女はしまいには、ひとりでに消え失せるのさ」

ところが虚汝華《シュイルーホア》はまだ消え失せずにいた。薄暗いかびの生えた小さな家の中で、鼠のように暮らしており、こそこそと酢づけきゅうりや空豆をかじりながら、行動はますます謎めいてきた。老況《ラオコアン》は毎週空豆を届けにいったが、なんだかうしろめたくてならず、鼠に餌でもやっているような気がした。

「別れてからどう?」

ある日虚汝華《シュイルーホア》は空豆の殻を吐きだしながら、近所の者にでもいうように、いとも気楽にいった。

「心身ともにだいぶ元気になったようだよ」

老況《ラオコアン》は得意満面で答えたものの、妙に疚《やま》しい気もしてきたので、ついまたひとこと付け加えた。

「きみも越してきていいんだよ」

虚汝華《シュイルーホア》は彼に向かってにやりと笑っていった。「今じゃこの家の蚊は、運動会でも開いてるみたい。夜、聞こえない？　南風が吹けば、あの音はあなたの枕元まで届くかもしれないわ」

あとで母親は、老況《ラオコアン》のその疚しさを「薄汚い未練」のせいだといった。越してきて随分たってから、彼はあの小さな家に幽霊が出るといううわさを小耳にはさんだ。その晩は床の中でぐずぐずいいながらまんじりともしなかったため、何日も頭が重く、ランニングシャツに冷汗をかいていた。あるとき老況《ラオコアン》は窓辺に横になって浮き雲が空のかなたに消えていくのを眺めていて、ふと感動を覚え、涙までこぼした。

「老いてなお、学ぶことあり」

彼はひとりつぶやいた。この諺《ことわざ》で自分の気持ちを表現することを、たちどころに思いついたのが嬉しかった。

「蚕《かいこ》のさなぎをぜひ食べてみてごらん」母親がいった。まんまるに見開いた小さな眼は、にわとりそっくりだ。「知り合いがためしてみたら、まるで起死回生の効き目があったんだってさ」

おととい彼が学校から帰ってきたら、酒屋の戸の陰から姑がこそっと顔を出した。彼が入っていくのを待ちうけていたのだ。老況《ラオコアン》はさっと踵《きびす》を返すと、すたこら駆けだした。姑は追いかけてきてわめきたてた。

「ぺてん師！　ろくでなし！　おまえなんか監獄に送ってやる！」

そして道ばたの石ころを拾って投げつけてきた。結婚以来、姑は一度たりとも彼らの家を訪ねたことがなく、老況《ラオコアン》を娘婿だと認めたこともなかった。ところが彼が出ていってしまうと、にわかにふたりの私生活に興味をもち、ひがな一日あの小さな家のまわりをうろつき回るようになった。ときには街の真ん中で彼の行く手を遮り、こぶしを振りまわしながらわめいた。おまえの卑劣な行為を学校当局に一部始終報告してやる、ただちに目を醒まさねば身の破滅を招くであろう、と。そういいながら足を踏み鳴らしたが、その顔に浮かんだ沈痛な表情がどうも解せなかった。

「あの人はずっとこの日を待っていたのよ」空豆を届けにいくと、虚汝華《シュイルーホア》はほほえんでいった。「とうとう髪の毛が真っ白になってしまうまでね。気づかなかった？　あの人、今こそ好機到来と躍り出たのよ。何年も、日夜呪いつづけてきたんだもの。あの人、しつこすぎるの、ものごとを気に病みすぎるのよ。あんなに苦しい生き方を見てると、こっちまではらはらしてくるわ。でも、もうすぐおだぶつよ。もしかしたら瀕死のあがきなのかもしれない。なんだかこのごろ顔色が悪いし」

老況《ラオコアン》は家に帰るやいなや母親に訴えた。

「あの家の蚊ときたら、強盗みたいにわっと襲いかかってきて、めちゃくちゃに刺しまくるんだよ。噴霧器も殺虫剤も、どこにやったのかわからない。いったい何を考えてるんだろう。ほんとに冗談じゃないよ。何もかも酢づけきゅうりのせいなんだ。それなのに初めのうち、ぼくまでいいなりになって食べてたんだからねえ……」

母親はふんふんと鼻の穴を鳴らしていった。

「だれかがいってたよ。真夜中になると、あの家から狼の遠吠えが聞こえてきて、ほんとに薄気味わるいそうな」

「そうか、そうだったのか」老況《ラオコアン》は有名人の語録をいじりながら眉根をよせた。「まず金魚が惨死した。つぎに魔法瓶が消え失せた。あのとき、どうしてすべてを結びつけて考えなかったんだろう？　こんなに長い間見ていたのに、なんだ、虚汝華《シュイルーホア》にはもうつける薬もなくなっていたのか。みんな罠だったんだ。まるで勘違いしてたよ。あの女はずっと、ぼくを嚙み殺そうとねらってたんだ……」

「あんな女は、しまいにゃひとりでに消え失せるのさ」母親がまたかみしめるようにいった。

「だって、もともと存在しちゃいないんだからね」

仲人の紹介でふたりが知りあったとき、虚汝華《シュイルーホア》はすんでのところで嫁にいきそびれる年になっていた。短い髪はぼさぼさで櫛《くし》を入れたこともなく、いい加減に指でかきむしってそれでよしとしていた。だが一方で、まるでこだわりというものがなく、子供みたいに全く自分の考えをもたなかった。まさにこの点に、老況《ラオコアン》の心はときめいた。彼女の前にいると、なんだか自分がいっぱしの男になったような気がするのだった。虚汝華《シュイルーホア》を連れて梶の木の下の小さな家にやってきたとき、老況《ラオコアン》の頭の中は空《むな》しい大袈裟な計画でいっぱいだった。家の前には葡萄棚を、裏には花の棚を作りたかった。しかし、どれも実現には到らなかった。こおろぎが侵入してきて、へとへとになるまで彼を引きずりまわしたからだ。歳月が流れゆくとともに、老況《ラオコアン》は妻が一匹の鼠であったことを見出し、愕然とした。妻はもの静かではあったが、いつもがりがりと何かをかじっており、家の家具という家具にはみな、あの鋭い歯の跡がついていた。ある真夜中、眠っていた彼は、後ろ頭をいきなり何かに刺されて目をさました。さわった手を見ると、血糊《ちのり》がついている。彼は怒り狂って妻を揺さぶりおこし、どなった。

「何するんだよ！」

「わたし？」妻は腫《は》れぼったい眼をこすった。手が目やにだらけになった。「わたし、子鼠を捕まえたの。でも、逃げようとばかりするからやきもきして、がぶっと噛みついてやったの」

「本当はぼくを噛み殺そうとしたんだ！」

「噛み殺す？　あなたを噛み殺してどうするの？」

妻はぼんやりと宙に向かってつぶやき、ひとつあくびをすると、ごろんと横になって寝てしまった。老況《ラオコアン》は電灯を消し、暗闇の中でじっと聞き耳をたてた。いびきはにせもので、妻の身体は緊張に震えていた。その日から彼は眠れなくなり、まもなく神経症になった。その後も妻は何度も噛みついてきたが、警戒していたので重傷を負うには到らなかった。一度肩に噛みついてきたときは、彼が目をさましても放そうとしないので、仕方なく横つらを張って床につき落とした。口をあけさせてみると歯の間に血が溜まっている。むしゃぶりついて放さなかったのは、なんと血を吸っていたからだった！　ときに老況《ラオコアン》は気弱になり、妻が化け物ではないかと思うこともあった。だが、すぐまたそんな考えは打ち消した。他人に笑われるのが怖かったのだ。彼はやむなく覚悟を決めて、こおろぎを追いまわした。

妻のほうはロボットのように命令を執行した。日に三回ずつ殺虫剤をまく、こおろぎの巣穴を際限なく棒きれでつつきこわす、毎朝数百回ずつ伸びの運動をする（これは老況《ラオコアン》と親しい医者の忠告による）、空豆療法を行う、寝るときには頭を東に向ける等々である。だがこれらの方法に予期した効果はまったく得られず、ついに彼は、妻が少しずつひからびて、しなびたレモンのようになっていくのを見るはめになった。歯はしだいにがたがきて、二度と何かに噛みつくこともなくなった。すると今度は酢づけきゅうりを食べはじめ、ひと甕《かめ》、またひと甕と漬けるようになった。ときには夜中に目がさめると起きだして食べ、一日中とめどなく噛みつづけた。家でかぷっという音さえ聞けば、目をつむっていても妻が何をしているかわかった。できるだけそっと噛んでいたのだが、そのかすかな響きにも老況《ラオコアン》は怒り狂った。あのときは一度に五つの甕を叩きこわしたが、家中にきゅうりのにおいがたちこめて一睡もできず、苦しくてたまらなかった。

妻はそれを見ながら、思うところありげな、やりきれない様子をしていた。やがていつだったか、老況《ラオコアン》は新しい甕が五つ、またベッドの下に隠してあるのを見つけた。

引っ越しの何日か前、妻は彼をたきつけて、家中の窓に鉄棒を打ちつけさせた。泥棒がそのへんをうろついてるけど、戸を破って入ってくるんじゃないかしら、というのだ。老況《ラオコアン》は鉄棒を打ちながら思った。気がふれたふりをして、実は寝込みを襲うつもりなのではあるまいか？　さもなければ話をしていたとき、どうして妻の眼からあんな怪しげな火が噴きだしたんだ。それから幾日か、老況《ラオコアン》は片眼をあけたままで眠ったので、母親が迎えにきたときにはもう神経が錯乱しかけていた。

「さて」母親がボール箱をもって大だんすの陰から出てきて、つばを吐きながらいった。「わたしの魂の清めは終わった。ひとつ、妙な話を聞かせてやろう。煙草屋のばあさん（母親はばあさんの名前を口にしたことがなかった。ひょっとしたら知らないのだろうか？）から聞いたんだが、夜中の十二時をまわると、王《ワン》靴屋の家の中から金木犀の香りが漂ってきて、街中にたちこめるんだそうな。きのうの十二時、一生懸命嗅いでみたら、たしかにそんなにおいがしたよ。きょうの昼ごろはずっとそのことを考えてたら、なんだかむしゃくしゃして昼寝もできなかった。今晩はかならず、徹底的に真相を洗いだしてやる。ひょっとして、何かの陰謀を企んでいないともかぎらないからね。夕飯の後、戸にかんぬきを挿すんじゃないよ。わたしゃ、やつの家に十二時まで張りこむつもりだからね。もしなんならあいつの耳も調べて、本当に耳からあの香りが出てるのか確かめてやる。新聞に出てるような超能力なのかどうか。それならそれで、かえって気が楽になるんだが」

「ママ、虚汝華《シュイルーホア》が何になったかわかる?」

「あの女がかい?」母親はにわとりのような眼をぐっと近づけ、足のさきから頭のてっぺんまでしげしげと彼を眺めた。

「気がつかなかった? 虚汝華《シュイルーホア》はとっくに鼠になってるんだよ。何かのまねばっかりしてると、それになっちまうのかもしれない。あの女ったら鼠のまねをして、家中かじりまわってたもんだから、とうとう鼠になっちゃったのさ。歯にがたがきた鼠にね。ときにぼく、こんなことを考えるんだ。空豆にちょっぴり亜砒酸を混ぜたのを届けて、鼠を殺すみたいにこっそり殺っちまおうかなって。でも卑怯だよね?」

老況《ラオコアン》は少しためらい、照れくさそうに付け加えた。

「もし離婚できれば、実はぼく、女にもてるんだけど……」

「そんな卑怯なこと、おまえは今まで思いつきもしなかったし、やれるはずもないのに……。どうしてそんな料簡を起こしたんだい? 自分の考えで何かをするなんて、おまえにできたためしはないんだよ。あの女なら、とっくに生きるのにうんざりしてるんだよ。遅かれ早かれこの世から消え失せて、影も形もなくなっちまうのさ。おまえときたら、すぐ弱気になって自信をなくしちまうんだから。いいかい、いつも行動のはしばしにまで気を配り、寝る前には忘れずに消炎鎮痛剤を飲んで、毎日しっかりと魂を清めるんだよ。そうすればおまえだって、だんだん逞《たくま》しくなってくるさ。あんな馬鹿なことは二度というんじゃない。みんなのもの笑いになりたいのかい？ おまえは子供のころからひ弱でぐずで妄想癖があって、思いこみが激しくて浅はかだった。おまえみたいな人間には、結婚なんて絶対にできやしないんだよ。なんであのとき気がつかなかったのさ？ 幸いわたしが……」

母親はふと口をつぐみ、むっつり黙りこんでしまった。おおかた息子の愚鈍さが肚《はら》にすえかねたのだろう。彼女は威嚇するような大きな咳払いをしてボール箱にぺっとつばを吐き、じろりと息子をにらんだ。

「ママのいうとおりだ、ぼくは頭がおかしかったんだ」

老況《ラオコアン》は母親の眼光に射すくめられてしゅんと身をすくめ、大きな肉のまりみたいにかすかに震えた。

「それならいいさ」母親は声を和らげた。両眼はすりガラスのように濁り、光も失せていた。

老況《ラオコアン》は母親の怒りをひどく恐れていた。少しでも怒られると脅えてどうしようもなくなり、つらくてもう、生きていけないような気がした。その日の晩、老況《ラオコアン》は悪い夢を見た。寝ていたベッドをだれかが下から抜き取ってしまい、身体が宙に浮いたまま、落ちるに落ちられないのだ。

「何を死に物狂いでばたばたやってるんだい？」母親が隣でたずねた。

「ベッドの下に野良猫がいて、やたらに這いあがってこようとするから、おどかしてるのさ」

「胸の中で語録をとなえなさい」

月光が経かたびらのように地上に落ちていた。

「きみ、野良猫に出くわしたことないかい？」老況《ラオコアン》は精いっぱいこわい顔をしていった。「いいかい、野良猫ってやつは凄いんだぞ。人が眠ってしまうと、いきなりがっと顔を引っ掻くんだ」

虚汝華《シユイルーホア》はさっと顔色を変え、天井を向いて早口でいった。

「何を探してるの？　あなたの噴霧器も殺虫剤も、みんなゴミの山に投げこんじゃったわよ。だってあなたがいないのに、そこに置いといたら目ざわりだし、捨てたほうがさっぱりするもの。わたしは蚊の中でもけっこうやっていけるの。まわりに寄ってきてウォンウォンいうけど、刺しやしないの。こおろぎの鳴き声はなんだか親しみを感じるわ。あなたが出てってからは、鳴き声にだんだん自信が出てきて、元気もいいみたい。今はわたしもぐっすり眠れるわ。もう衰弱したこおろぎに、夜昼気をもまなくてもいいんだもの」

「どうして蛾がこんなにいっぱい、壁にへばりついてるんだ？」

「飛んできて卵を産んだのよ。かわいそうにね？」

「もってきた空豆、よく嚙んで食べるんだよ。この家には幽霊が出るんだってね！」

「幽霊って、もしかしたらわたしのことかもしれない。いつも夜中に起きて、毛布をびゅんびゅん振りまわしてるから。もし越していかなかったら、あなたなんて脅えて死んじゃったかもしれないわ。弱虫なんだもの」

「そうかもしれない」老況《ラオコアン》は悲しそうにため息をついた。「きみはずっと、ぼくを嚙み殺そうと思ってたんだ」

「…………」

「きみはとうに狂ってたんだ。どうして気づかなかったんだろう」

「…………」

「おふくろさんも狂ってるから、遺伝なんだ。以前は葡萄棚を作ろうなんて考えたことさえあるのになあ。あやうくこおろぎどもに命をとられるところだった。今までのことは、思い出しただけで冷汗が出るし、夢遊病が出るよ。ママはぼくが被害妄想狂だといってるけど」

「…………」

「空豆はよく嚙むんだよ」

「この次は自分で来ないでね。お隣が大きな木に鏡を掛けたの。来るとき見たでしょう？　あの人たち、鏡であなたの行動を観察してるのよ。一体どういうつもりなのかしら。怖いわねえ。ひょっとしたら暗殺でも企んでるのかしら？」

（四）

彼女が眼を閉じて塩豆を嚙んでいたら、天井の漆喰《しっくい》がまたばさりと剝げ落ちてきた。これで裏の板までむきだしになった。ここ八年の間、虚汝華《シュイルーホア》の母親はこの家でいたずらに露命をつないできたが、不思議なことにいっこうに死ななかった。何度病気で倒れても、やがて瘦せこけた足でよろよろと重い身体を支えて起きあがり、壁伝いに家の中を動きまわれるようになるのだった。少し良くなると彼女は中庭に出て、ざるで雀を捕まえようと一日中見張っていた。中庭の壁には数十羽の雀の死骸が釘で打ちつけてあった。どの雀も目玉から釘を打ちこまれており、他人が見れば思わずぎょっとして息をのまずにいられない、総身に粟立《あわだ》つような光景だった。最近彼女はにわかに食欲が増し、日に日に丈夫になってきていた。ある人があっちの家のできごとを知らせてくれたからだ。知らせを聞くと彼女はたちまち奮いたち、完全武装で監視活動を開始した。

「そういうわけだったの！」

彼女は油餅《ユウピン》売りの婆さんに叫んだ。

「考えてもみてよ、八年の苦しみを！　みじめな晩年を！　毎晩、南京虫に食われて！　こんなひどい目にあった人が他にいて？　あの男もとうとう、あれが毒蛇だったと気づいたのね！　一度街で見かけたけど、あの若僧ったら片方のほっぺたをおかしな風にぴくぴくさせて、首は生傷だらけ、わきがのにおいがぷんぷんしてた。気の毒にねえ、どうしてまたあんな娘の手に落ちてしまったのかしら？　毒蜘蛛の巣にかかった蠅も同然じゃないの。すっかり生き血を吸い取られてしまって！　この謎は死んでも解けないわ。もしかしたらあの男、白痴なのかしら？　なんだか歩く姿勢も変だし、お隣の話だと寝室に葡萄棚を作ったというじゃないの。あきれた！」

娘が小さいころは、彼女も期待をかけたことがあった。だが虚汝華《シュイルーホア》は生まれながらの下種《げす》で、ひねくれ者だった。

「汝華《ルーホア》、また服にスープをこぼしたの！　やあね！　どうしてそんなにどたどた歩くの？　靴に鉄板でも打ってあるの！」

あのころ彼女はいつもいらいらしてわめきちらしていた。だが娘は聞こえているくせにうんともすんともいわず、うつむいて腰をかがめ、塀の下の蟻の巣を探していたものだ。物を食べるときもあたりはばかることなく平気でくちゃくちゃと大きな音をたて、あの脳天気な父親にそっくりだった。一度棒で折檻すると、娘は突然とびかかってきて、親指と人差し指の間の肉に噛みついた。軽く嚙まれただけだったのに、鳥の嘴《くちばし》でもつつかれたようにひと月あまりも傷口が腫れあがっていた。あとで娘の歯をじっくり調べてみたら、妙にとがっていて、到底人間の歯とは思えない。娘が寝ているすきにその歯を金槌でたたき折ってやろうと何度も思ったものだが、あるとき、いざ金槌をふりあげると、娘はかっと眼を見開いて嘲笑うように自分を見すえた。なんとたぬき寝入りをして肚《はら》の中で笑っていたのだ。

夫が街の煙草屋の老婆と同棲するようになっても、彼女は娘に知られるのを恐れて見て見ぬふりをしていた。ところがある日、くだんの家のそばを通りかかると、中から歓声や笑い声が聞こえてきて、いやににぎやかだ。板壁のすきまからのぞいて見たら、なんとふたりがお茶を飲んで、いるではないか。家では家族いっしょにお茶を飲んだことなど一度もなかったのに……。テーブルの上にはあれこれ点心が出ており、一枚の大鏡にぎょっとするような光景が映っていた。亭主はよだれを垂らして笑いながら、テーブルの下で麻殼のように細い二本のすねを、あのばばあの真っ黒な毛むくじゃらの大根足にこすりつけている。娘もばかみたいに笑いながら、わざとらしく腹を抱えている。あの老婆はもう枯れ木のように老いさらばえ、皺だらけだ。そっくり揃った大粒の歯を真っ黒にして、一日中ひっきりなしに煙草を吸っているが、よほど神経のいかれた痴《し》れ者でもなければ、手をだすはずのない代物だ。ところが自分の亭主ときたら、その痴れ者だったのだ。今では娘にまで遺伝していた。

「あきれはてた父子よ！」あのとき、彼女は歯のすきまからこうつぶやいた。喉のあたりに蛆《うじ》虫《むし》でも飲んだような感じがした。娘は成人するがはやいか、母親を不倶戴天の敵とみなした。放縦の限りをつくし、あらゆる手をつくして彼女の神経を逆撫でしながら、無表情な顔に内心の喜びを隠していた。娘が肺炎にかかったときは、ついに年貢のおさめどき、復讐の好機到来と踏んだものだけれど、あにはからんや、またぬか喜びに終わってしまった。

「お母さんたらあ」娘はわざと甘ったるい声でいった。「どうしてわざわざいらしたのよお？まだまだ元気なのよ、当分死にっこないわ。安心したでしょう。考えてもごらんなさいな、わたしみたいな人間が死ぬはずないでしょう？」

最近彼女はふと、あの男と組んで娘にたちむかおうと思いついた。さまざまな夢を描きながら便所の壁際でじっと待っていると、やがて男がやってきた。あいかわらず白痴っぽい様子だった。彼女は跳びだしていって男の袖をぐいとひっぱり、滔々《とうとう》とまくしたてた。「同病相憐れむ」だの「よるべない孤独」だの「有効な手立てをとって自衛する」だのと……。

「わたしは内心ではずっと、あなたを実の息子のように思ってたのよ。寝ても覚めても安否を気づかっていたんだから」

彼女は媚びるようにいった。老况《ラオコアン》は、何をいわれているのかわけがわからず、鈍い目玉をきょろきょろさせていた。

「やっぱり白痴なんだわ」彼女は思った。ところがやがて男は、ふと一大決心でもしたようにきっと表情を変え、力まかせに腕をふりほどいてがなりたてた。

「おい、おまえは何者だ？　おまえなんか見たこともないぞ。ひょっとしたら、財産めあてに命をねらってるんじゃないか？　おあいにくさまだぜ。ぼくのおふくろはそりゃこわいんだからな。おふくろを呼んで思い知らせてやる！」

「あなた、わたしの娘婿じゃないの！」

「だまされるもんか。ぼくはおまえの娘婿なんかじゃない。それを街の真ん中でとおせんぼして意地の悪い眼でにらんだりして、一体なんだ？　これ以上いじめたらおふくろにいいつけて、目にもの見せてやる！」男はそういいながら逃げだした。追いかけたが追いつかなかった。

前夫のすねは、たしかに麻殻のように細くなっていた。昔は恰幅のよい大男で、顔の色つやもよかったのだが。ある日、前夫は夢を見ていた。窓の外のカンナの花が狂ったように咲きほこり、太陽は高く、遠くにあった。突然、ちくりと何かに刺されて目がさめた。見ると妻が彼のすねにかじりついて、猫が肉を食うときのようなさまざまな格好をしている。舌にはびっしりと肉のとげが生えていた。さっき夢の中で感じたのは、このとげの痛みだったのだ。彼は足をひっこめようとしたがだめだった。妻が途方もない馬鹿力で押さえつけ、ふくらはぎの肉をまるごと引き裂こうとでもするようにむしゃぶりついているのだ。彼は仕方なく眼を閉じ、悪心《おしん》をこらえながらされるにまかせた。ところがこの悪ふざけはなんとその後も続き、しかも、ますますひどくなっていった。毎朝起きてみると身体中に青あざ赤あざができ、ときには腫れあがっていた。身体は日に日に瘦せほそり、筋肉は日に日に溶け、淋巴《りんぱ》腺だけが鳩の卵みたいに硬く腫れていった。寝ているうちに肉を食われてしまっているのではないかと、彼はいつも疑っていた。妻のほうがだんだん太ってきていたからだ。

「どうしておれの肉を食うんだ?」

「ふん!」妻がわめきたてた。「俗物! 食わせ者! あきれたわ……」

妻はふだん髪を洗わなかった。ちょっと近づくとたちまち、あのすえた臭いがぷんと鼻をついた。だがやがてある日、彼女はたらいをもってきて髪を洗った。大きな垢のかたまりがごっそりと毛根もろともたらいに落ち、髪の毛はすっかり抜け落ちてしまった。妻は頭に水をかけてくれと彼にいった。だが彼の手はわななき、握ったひしゃくはぽろりと落ちてしまった。妻は跳びあがり、口ぎたなく罵りながら、赤むけの頭を光らせ腰に手をあてて彼を追いまわし、桶の冷水を頭からざんぶと浴びせかけた。彼は高熱をだし、それから一週間も床についた。しきりに頭をなでまわしながら、だれかが皮を剝ぎにくると叫んだかと思えば、皮を剝がれたら脳髄がむきだしになってしまうなどと口走った。病が癒えると彼は煙草屋の老婆のもとにころがりこんだ。老婆の身体からはひまわりの種の匂いがしたし、寝室は広々として暗かったので、彼はすっかり安心した。初めのうち、彼女は夜中にやってきて窓のすきまからのぞいたり、どんどん戸を叩いたりしていた。

「ママは髪の毛が生えてきたかい?」汝華《ルーホア》が子供のころ、彼はきまってこうたずねた。

「生えてこないわ。頭巾を巻いてるのを見なかった? 毎晩頭の皮をマッサージしてるの。風邪をひくのをとっても心配してるのよ。もしかしたら、死ぬかもしれないわね」

娘は無邪気に分析した。

「哀れな人間さ」彼は一瞬もの思いにふけったが、たちまち脅えたように付け加えた。「ひょっとするとおれに復讐するつもりかも知れないね?」

「わたしきのう、ちょっと噛みついてやったの」

彼はぎくりとしてあっとひと声叫び、夢遊病者のように手を伸ばして娘の頭をなでた。

「髪の毛はしっかり生えてるな」彼はいった。「しょっちゅう洗うんだぞ。おまえは寝てるとき、天井が裂けるのを見たことがないか?」

「天井が?」

「そう、天井がさ。あの家は大きいし古いだろう。ときどき壁の中でだれかが取っ組み合ってる音が聞こえるし、寝てると突然天井が裂けて、蛇みたいに細い人間の頭がいっぱい、ひょろひょろっと伸びてくるんだ……いや、うそだよ。怖かないだろう？　パパはこんなぞくぞくするお話をするのが好きなのさ」

最近彼は街で汝華《ルーホア》と正面からすれ違いながら、気づかぬままに通りすぎてしまった。あとで同僚にそのことを聞かされても、狐につままれたような気分だった。なんと汝華《ルーホア》が結婚するとは！　きっと神経が錯乱したか、さもなければ悪いやつにだまされたにちがいない。あの子は小さいときから自堕落なところがあり、自分と同じぐうたらで、でれでれしていた。婿はやくざ者のうえに白痴で、娘に惚れたその日から彼のところへたかりにきた。何を血迷ったか、費用を負担してくれというのだ。

「おまえさんは、女房を寝取られる亀野郎だよ」

彼はひとことひとことゆっくりと、威厳たっぷりにいった。

「な、なんだと？」

あのうすのろはそれでも合点がいかずに後ろ頭をなでまわしている。

「おまえさんは大まぬけの亀野郎だといってるんだよ！　おれの娘はどんな男とでもやるんだ。わかったか！」

彼はいよいよ居丈高に詰めよった。

「失せろ！」

男は脅えて小便を洩らしながら、何がどうなったのかわけもわからなかった。だがそのくせこずるげに目玉をぎょろつかせて、費用を負担してくれなければ「婚約を解消する」などとぬかしたものだ。男が帰るやいなや彼は死ぬほど笑いころげ、ベッドの上を三度もころがった。

その後も娘婿とはちょくちょく顔を合わせた。いつもあの男のほうが彼のところへ無心にきて、そのたびに笑いとばされて手ぶらで帰っていった。だがやつは頭がおかしかったので、どうしても希望を捨てず、夢みたいなことを思いつづけた。しかも態度はやけに大きかった。

「金はあんたが出すのが筋だろう」婿はまたあの手できた。

「出すもんか」彼はおもしろそうに横目で見ながらいった。

「まるでやくざじゃないか」

「なんだと？　じゃあおまえさん、やくざにゼニをせびりにきたのかい、ええっ？」

「あんたは汝華《ルーホア》の親父なんだ。くれるのが筋だろう」

「おれはやくざだぜ、やってたまるか」

「こん畜生、くたばっちまえ！」

娘婿は毎度狂ったように腹を立てた。どうやら狂躁型らしい。

婿が出ていくと、彼はすぐさま娘のところへ飛んでいっていった。

「あいつがおまえと結婚したのは、どうしてだと思う？」

「知らないわ」娘は警戒するように彼を見つめた。「戸口に葡萄棚を作るためだなんていってたけど、たぶんうそよ」

「ふん！　やつがおまえと結婚したのは、おれを暗殺するためさ！　あいつが見初《みそ》めたのは、このおいぼれなんだ。おまえじゃない、絶対におまえじゃない！　やつはおれが大金を隠しもってると思ってるのさ。夜おれが寝てしまっても、まだ家のまわりをうろついて、いまいましげに足踏み鳴らしてたぞ。おまえには小便に起きると嘘をついてたのさ。だがおまえも大した度胸だったな、結婚するなんて。やつは八年待ったが、とうとう手を下すチャンスがなかったもんで、しびれをきらしていっちまったのよ」

「父さんだって勘違いしてるんじゃない？」彼女は嘲笑うように父親を見ながらいった。「老《ラオ》況《コアン》が見初めたのは財産なんかじゃないわ。父さんの今の奥さんよ。わたし、あの女が彼にモーションかけてるのを見たわよ。ねえ、驚いたでしょう？」

「嘘つけ！」彼は乗せられたことに気づいて顔を真っ赤にした。「いってくれるじゃないか。おれは今来る途中、おまえのおふくろのことを考えていたんだ。人の話だと、二重壁に穴を掘って、毎日死んだ雀をつっこんでるんだとさ！　いつもあそこを通るたびに、中庭で何かがぴいぴい泣いてるのが聞こえるよ。まったく、残忍なやつだ」

彼は前妻の悪口がいいたくてたまらなかったので、これでさっぱりした。

「以前父さんはいつも、母さんにだまされたんだといってたわね。でもちょっと信じられないわ。あんまり妙な話だもの。むしろ父さんのほうが母さんのへそくりを騙《だま》し取ろうとしたんだといってる人もいるわよ。いやあね。そんな悪口、わたしは信じないわ。でも父さんがなぜ母さんと結婚したかというのは、なかなか微妙な問題ね」

娘がまるでひとごとのようにいとも気楽にいうのを聞いて、彼の歯の根は虫にかじられたように疼《うず》いた。

彼は無念だった。もとはといえば、婿のことをあげつらって娘の神経を逆なでし、悦に入るつもりでいたのに、なんと逆手をとられてしまった。ちかごろ娘は蛇みたいにすばしこくなっている。とうてい彼のような耄碌《もうろく》じじいの歯の立つ相手ではなかった。

「あの男はしょっちゅうおれのところに偵察にきて、財産のありかを嗅ぎつけようとしてるぞ」

彼はまだあきらめなかった。

「わたし、父さんが雀になって、ちゅんちゅんさえずってる夢を見たわ。でもどうしてあの人はいつも、葡萄棚のことばっかりいうのかしら。あんなの大うそよ。父さんだってわたしに大うそついてるわ。きっとふたりでうまが合うでしょうよ」

家の中は暗かった。小さな生き物が数匹、壁の下や梁《はり》の上を走りまわり、がさごそと大きな音をたてている。壁にへばりついていた五、六匹の蛾が突然ぱっと舞いあがり、頭上を飛びまわりながら毒粉をまきちらした。彼はぎょっとして目を見開き、足をがたがた震わせた。娘は裸の上半身にぼろ毛布を巻きつけ、大またで部屋の中を行ったり来たりしている。毛布が舞いあがり、なんだか恐ろしい姿に見えた。

急にどうしていいかわからなくなってしまったので、父親はおずおずといった。

「おれ、帰るよ……」そして戸をあけるなり走りだし、角をまがってあの塀の陰まで来て、ようやく足を止めた。ふりかえって見ると、娘の家の戸はもうぴったり閉まっていた。黒い人影が裏手から出てきて大木の後ろに隠れた。彼はそれが前の妻であることに気づいた。窓のカーテンがかすかに揺れ、また動かなくなった。

彼女はだれかが屋根瓦をはがしている音を聞いた。がらがらと無気味な音がする。カーテンをあけてみると、ずんぐりした母親の姿が見えた。ちょうど背伸びをして、竹竿で悪さをしているところだ。

「自分をひけらかそうというのかい？　ふん……はっきり答えなさい、わかった？」母親は低くつぶやきながら、苦しげに息をしていた。

虚汝華《シュイルーホア》は部屋の中をゆっくり歩きまわって鉄格子の強度をたしかめた。がらがらという音はいよいよ激しく、いよいよ傍若無人になってきている。瓦が何枚か天井板に落ち、粉微塵に砕けた。母親はちかごろ、一段と勝手なまねをするようになっていた。きのうの真夜中は屋根に風穴をあけてしまったうえ、ひとつ残らず瓦をはいでおまえを凍死させ、積もる怨みを晴らしてやると大声でわめきたて、おまけに毛虫だの腐った魚や蝦《えび》だのを拾い集めてきて、板壁のすきまからつっこんできた。父親はやってくるがはやいか意味ありげに屋根を眺めやり、意地悪そうにいった。

「風が吹いたらこの大木が倒れて家が潰されちまう、なんてことはあるまいな？　きのうまたあのごろつきが来て、おまえなんかさっさとくたばっちまえばいいといってたぞ。おまえが死ねば大金持ちになれるかもしれないんだとさ。あいつはちょくちょくおれの所に来て腹を割った話をするんだ。最初からそうだったんだ。おまえ、信じないんだろう、うそだと思ってるんだろう、そりゃ高をくくってるんだよ。やつはおれと友だちになりたいとまでいってきてるんだ。むろん金のためだが、おれと組んでおまえに対抗するためでもある。おれは考えた末、要求に応じることにしたよ。ただし、おれの所からなにかを巻き上げようなんて、夢にも思うなってのさ。やつなんざ、とうていおれの相手じゃない。あのごろつきもおまえと同じだ、眼中に人なしで思い上がりもはなはだしい。ところが阿呆なんだ。まるで白痴だよ。いつもおれの前でおまえの悪口をいってやがる……」

くどくどとしゃべりだしたら収拾がつかなくなってしまったので、彼は立ったり座ったり、尻を掻いたり背中を掻いたり、まるで体中を蚤にでも刺されたようだった。虚汝華《シュイルーホア》は彼の話をさえぎり、挑発した。

「父さんは猫いらず売りの婆さんと知り合いでしょう?」

「なんでおれがあの婆さんと知り合いなんだ?」彼はまた乗せられてしまった。

「なんでもないわ。面白半分にいっただけ」虚汝華《シュイルーホア》はじっと天井を見つめていた。蜘蛛の巣を研究しているようなふりをして……。

「そうかい!!」彼ははっと気づいた。「きっと戸口の大木で家が潰されちまうさ。みんな、そういってる」

第三章

（一）

彼女は枯れ葉がさらさらと屋根や地面に散る音を聞いた。地上では身体の中の葦がぱちぱちはぜていた。もう一週間も便通がなかった。もしかしたら食べたものがみな葦に変わり、腹の中ですっくと立っているのかもしれない。彼女はテーブルのガラスの水差しを傾けて水を飲んだ。ひっきりなしに水を飲んでいないと、たちまち葦が燃えはじめて焼け死んでしまう。あるとき口をあけたら、きなくさいにおいが噴き出してきた。大きく息を吐くと、たちまち口の中から煙がたちのぼり、火花まで飛び散った。

「水を飲まなくちゃ」黒い影が窓の外からいった。

虚汝華《シュイルーホア》は水差し一杯の水をすっかり飲み干し、戸をあけた。ふわりと人影が入ってきた。ひまわりの匂いがした。

「あなたの身体、ひまわりの匂いがするわ」彼女は背を向けたままでいった。

「そうさ、今ぼくはちょうど、はるかかなたのことを考えていたんだ。山の長い坂にひまわりが一列に植えてあり、裾野には清水が流れている、そんなことを考えていたのさ。だからひまわりの匂いがしたんだ。きみだってそんなことを考えてたから、そんなにおいがしたんだろう。それは本物じゃないよ」

「ひっきりなしに水を飲んでいるしかないの。さもないと焼け死んでしまうわ」

虚汝華《シュイルーホア》はまた水差しに一杯水をくみ、テーブルに置いた。

「わたしの身体の中で、何かがおかしくなってしまったの」

「ぼくはもう、あんな努力をするのはやめちまったよ」更善無《コンシャンウー》は間が悪そうにいった。「きみがいってたとおりさ。結局のところ、ぼくは何者でもないんだ。壁にへばりついてうろうろしながら、ズボンの中に糞を垂れてるだけなのさ。日暮れどきに自分の影が地面に長く伸びているのを見ると、ぼくはいつも泣きだしてしまう」

「それでいいのよ」彼女は思いやるようにじっと男を見つめた。男の姿はますますぼんやりしてきたように思われた。「わたしを見てごらんなさい、こんなに平穏よ。外界のことにはわずらわされないわ。わたしの悩みはもっと別なこと、身体の中がおかしくなっていることなの。ひっきりなしに水を飲んでいるしかないなんて、うんざりだわ。外の陽射しの中では、どこかで蟬《せみ》が木の枝にとまってゆっくりと、単調に、平和に鳴いている。もう秋になったのね。林の中は乾いて燃えだしてるんじゃないかしら？」

「きみは壁に目張りをしたけど、それでもきみの身体の中で葦がぱちぱちはぜてる音が聞こえる。一週間ずっと便通がないといってたけど、本当かい？」

「それどころか汗さえ出ないわ。以前はいつも汗びっしょりで起きたのに……。甕《かめ》に飼ってたこおろぎは、きのう死んでしまったわ。まだ小さかったのに。もしかしたらこの家ではこおろぎは育たないのかもしれない。前は気にもとめなかったけど、残念だわ。あなたには娘がいるわね、あれはどういうことなの？」

「ぼくも不思議でならないんだよ。ここで目を閉じても、娘の様子はどうしても思い浮かべることができないんだ。きみがいいたいのは、あの子なんて存在できるはずがない、ぼくだってこんなにふわふわしたものなのに……そういうことだろう？」

「林のはずれに血のように赤い太陽が出ていたわ。恐ろしいほど真っ赤な太陽が……。わたしはたまたまあそこに見にいったの。見ているうちに、こめかみがずきずきしてきてたまらなかった。雀は頭の上でにぎやかにさえずり、枯れ葉はたえまなく頭や肩に降りかかっていたわ。だれかが道をやってきて、ぷりぷりしながらわたしに痰《たん》を吐きかけて、アスファルトの道に重い足音を、どんどんといつまでも響かせていたわ」

「ちょうどそのとき、ぼくも見にいってたんだよ。ぼくは林の向こう側にいて、太陽が沈むまでずっと立ちつくしていた。こおろぎは力の限り鳴き、まわりの草木は生き物のように揺れ動き、ぼくの全身は明るい光を放っていた。あれはひょっとしたら、最後のこおろぎたちだったのかもしれないな」

ふたりはそこに横たわって、秋風がそそくさと屋根の上を駆けぬけていくのを聞いた。どこかの家の子供がパチンコで瓦に石をぶつけている音を聞き、最後の一匹のこおろぎが甕の中で呻吟する声を聞いた。ふたりは脅えたようにひしと抱きあい、またうとましげに離れた。

「あなたの丸首シャツ、わきの下のあたりが汗くさいわ」

「シャツは今朝とりかえたよ！」

「かもしれないわね。でも、におうわ。あなたは以前、甘い匂いだったといってたけど、もしかしたら勘違いで、本当はただのすえたにおいだったのかもしれない。山だって、そんなに高いのがあるわけはないわ。たとえ頂上に登ったって、太陽に手がとどくはずはないんだもの。勘違いでしょう？」

「でも、ぼくはそんなことがいいたかったんだよ。どのみち、何かいわなくちゃならないんだから」

「そうね、わたしだっていいたいわ。ひょっとしたらわたしたち、みんな勘違いしてるのかもしれないし、わざと勘違いしてるのかもしれない。だってそうすれば、何かいうことができるから。さっきも、あなたが来たとたんにひまわりの匂いがしたから、わたしたち、あのひまわりの話をしたけど、実はそんなものありはしないんだわ、あなただって知ってるのよ」

「ぼくの舅はしょっちゅう女房をそそのかして、さかんに家から物を盗ませ、実家に運ばせてる。あいつらは、こっちが知らないと思ってるけど、芝居をしているようなものさ」

「あなたはなんにも気にしてないのにね」

「連中の芝居に気づかないふりをして、怒ってみせてるのさ。ときには、じいさんが妙な素振りで女房をけしかけるのなんか見ると、陰で大笑いしたくなるよ。きのうは娘が駆け寄ってきていうんだ。おふくろが憎くてたまらない、もう我慢できないってね。おふくろは朝から晩まで自分の頭を抑えつけ、寝る前には枕の下に鼠をつっこんでくる。友だちに書いた手紙は盗んで焼いてしまうし、乞食みたいな服を着せる。ちょっと外出すれば、男に色目でも使うんじゃないかとすぐ後をつけてくるから、もう人に合わせる顔もない。そんなにしながら自分の同僚には、娘はがんばってるから前途有望だなどとほらを吹いているんだそうだ。家の物はみんな、おふくろとじいさんがぐるになって持ち出してるともいってたよ」

「それでなんていったの？」

「ぼく？　ぼくは乗せられやしないよ。目ん玉ひんむいて、『失せろ！』と怒鳴りつけてやった。

娘はちぢみあがってたよ。でもしばらくして悔やしそうにいうんだ。『せっかく告げ口してあげたのに、父さんたら怒鳴るんだから』だって。『だれが告げ口しろといった！』ぼくはすごい剣幕でいってやった。『スパイみたいなまねしやがって！　年端もいかないくせにこんな手口を覚えるとはな』ってね。あいつ、おっかなそうにぼくを見ると、するっと逃げていったよ。晩になると、やっぱり女房がつっかかってきた。ぼくがあいつを盗っ人だと疑っているというのさ。ぼくは娘の寝ていた部屋にとびこんでいって、ベッドの上からばんばんたたいてやった。するとボール箱がひとつ出てきて、中にちょん切れた猫の尻尾が入ってるじゃないか。そいつを娘の顔に投げつけてやったら、急にひきつけを起こしやがった。あいつら、本当に狂ってるんだよ」

「なんだかもっともらしい話ね。あなた、ちょうど同じときに林の向こう側にいたといったわね？　じゃあ、他にも何か見えたでしょう」

「あそこに立っていたら、高い煙の柱が見えたよ。町全体が赤い光の中に揺れていて、空気はぱちぱち音をたてていた。何かが、泥の中をのたのた這《は》っていた。背中には裂けた傷口があって、赤黒い血が長く糸を引いていたよ」

「空一面が赤く光ってたの？」

「ああ、空一面の赤い光で眩暈《めまい》がしたよ。ぼくは、あいつがどこにもたどりつけないいんじゃないかと悩んだ。だって、一番近くに突き出た岩で、きっと仰向けにひっくりかえされちまうからね。あれはどこに行くんだろう?」

「どこへ行くのかしら?」女がこだまのように応じた。

風が窓のカーテンを吹きあけ、テーブルに積もった白い細かなほこりが部屋中に舞いあがった。水差しの冷水はティントンと音をたてた。ふたりはタオルケットが飛んでいかないよう、必死に押さえつけた。飛行機が飛んできてゴーゴーと重苦しいうなりをあげ、頭上にじっと止まっているように感じられた。風がふたりの男の会話を耳もとに運んできた。その声はときには遠く、ときには近く聞こえた。

「金目の物はみんな、家の裏の井戸の中にあるんだぜ、おまえさん」甘い声が誘惑していた。

「ひと晩で大儲けできるさ。吸い上げポンプさえ借り出せればな。何年も待ったんじゃないか。おれだってときに、おまえさんに寝首を掻かれやしないかと気が気でなかったぞ」

「とんでもない誤解だ。ぼくは金儲けしようなんて気はちっともない。ただ、ぼくに属する分を要求してるだけなんだ。それをあんたときたら、いつも根も葉もない話をでっちあげて、言い掛かりをつけてくるんだ」もうひとつの声が切り口上でいった。

「なんで金儲けをしないんだ? 人間、大志を抱かなくちゃ。おれだって若いころは、金塊でも探しあててやろうとうずうずしてたよ。やがて墓の盗掘に出かけるようになった。そんな晩、樅《もみ》の木はいななくように怒号し、鬼火は降る星屑のようにまわりに浮かび、数知れぬ黒い影が、入り乱れる墓の間に出没したものさ。おれはあの金塊を見た、地の底に燦然と輝いているのをな……ここ何年か、おまえさんは夜な夜な注射器でおれの娘の骨髄を吸い出して、ベッドの脚元のガラス瓶に溜めこんでいた。おまけにそこに百足《むかで》を漬けて、娘が風呂に入るやいなや、中身を風呂桶にぶちまけたんだ。おかげで娘はすっかりおしゃかにされちまったぞ。おまえさんはおれと友だちづきあいして、そんなことがこっちの耳に入っているはずがないと思ってたんだろう。ところが娘は毎日おれんとこに来て、おまえさんの行状を訴えたあげく、泣き崩れていたのさ。おまえさんはおれのところで金をせしめられないもんだから、あんなことをしでかしたんだ。そうじゃないか？」

「こんなひどいことをいわれたっておふくろにいいつけて、思い知らせてやる。あの人は怒らせたらこわいんだぞ。おふくろが毎晩吐く痰を集めただけで、あんたなんか溺れ死んじまうさ。あんたの一家はそろって陰謀家なんだ。あんたの娘は結婚するずっと前から狂ってたんじゃないか。それをこっちは人がいいもんで見抜けなかったんだ、ふん！　考えてもみろよ。この八年、彼女はずっと家の中でこおろぎだの百足だの飼っていたんだぞ。まったく虫酸が走るよ。昼も夜も生きた心地がしなかった。切らさないように殺虫剤を買ってきて、まるまる八年、そんな毒虫と闘ってきたんだ。もういい加減神経がおかしくなってるよ。あたら八年の青春を！　人生の花の盛りを！　なんてことだ！　今度あそこに行ってみたらいい。とうに虫の巣窟に成り果ててるよ。ひと晩でも泊まろうものなら、食われちまって骨しか残らないさ」

「けっ、笑わせるなよ。八年の青春だって？　人生の花の盛りだって？　だれに気どって見せてるんだ、恥ずかしげもなく！　娘はおれに毎日のようにおまえさんの行状を暴いて聞かせてたんだぞ。ときには真夜中に起こしてまで罪状を訴えたものだ。ここであの子がいったとおりを話せば、おまえさんなんぞ、悪い夢見て死んじまうかも知れん……」

ふたりの足音はしだいに遠ざかり、やがて消えた。二匹の大きな蠅が蚊帳にもぐりこんで顔にとまろうとしきりに飛びまわり、払っても払ってもつきまとった。男は力無く立ちあがると、汗まみれの背中を彼女の方に向けて丸首シャツを着ようとした。シャツは下に敷かれてしわくちゃになり、まだらの蛾までへばりついていた。男が気味悪そうにひと振りすると、蛾は床に落ちた。虚汝華《シュイルーホア》は彼の汗まみれの貧弱な背中をじっと見ながら、自分の眼光が一匹の蛾になってしまうありさまを想像した。そしてうんざりしたように二度おくびをすると、手を伸ばして水差しを持ちあげ、仰向いて存分に水を飲んだ。水差しを置いたときには、男の足音はもう石段を下りていた。男が寝た枕には丸いくぼみができている。とりあげて嗅いでみたら、すえた汗のにおいがした。虚汝華《シュイルーホア》はそれを部屋のすみに放り投げ、またごろんと横になった。だれかが裏のどぶにしゃーしゃーとあたりはばからぬ音をたて小便をしている。ずいぶん長い小便だ。窓のところに行って、すきまからのぞいてみたら、あの丸首シャツが見えた。男は何くわぬ顔でズボンのボタンを留め、手ばなをかんだ。彼女があわてて隠れると、大あくびをする音が聞こえ、窓ガラス越しにシャツのほつれ目から黒いわき毛がはみ出しているのが見えた。

やがて虚汝華《シュイルーホア》は目をつむり、なんとかして胸のときめくような空想に浸ろうと努めた。彼女が思い描いたいくつかの画面には、ラシャのオーバーを着たひとりの青年が決まって登場し、ときには熱烈に、ときにはやさしく、ついに彼女の耳がウォンウォンと鳴りだすまで、うっとりするような言葉を語りかけてくるのだった。もう黄昏《たそがれ》どきだった。夕日が窓ガラスを暗々と照らし、たくさんの小虫が集会でも開いているように、その上を這いまわっている。どこか遠くを野辺送りの行列が進んでおり、ひとりの老女が長く尾を引いた滑稽な叫びをあげながら、あくどい悲哀の真似ごとをしていた。

黄昏はいつもざわざわと無数の小さな物音がして、騒がしく、落ち着かない。これら一切のものの背後に、あの巨大な、抗うことのできない壊滅が迫っているのだ。いつか黄昏どきに、彼女は昔の歌を口ずさもうとしたことがあった。だがその歌はつららのように唇に凍りついてしまった。虚汝華《シュイルーホア》は目をあけて部屋の中をぐるりと見まわし、鉄格子の強度をたしかめてから、隣のあの男に「ねえ」と呼びかけた。男は驚いてふりむくと、ぼうっとくもった窓ガラスの向こうの女を、じっと長いこと見つめた。自信に満ちた冷ややかな笑みが、彼女の口もとに浮かんだ。天井の蛾が脅えたように舞いおりてきて毛布にぶつかり、床に墜落して瀕死のあがきをしている。

彼女は荒い息を吐いていたが、喘ぎが鎮まったあと、衣装だんすの鏡をちらりと見ると、たくさんのただれた舌が映っていた。彼女は窓ガラスに射す薄暗い夕日の光線が怖かった。あの黄色い筋が眼につきささるのがたまらなかった。色の濃い毛布でガラスをおおってみたが、それでも小さな光の斑点がちらほら透けてみえた。

「きょうは排骨《パイクー》の煮こみは食べたくないな。ちょっとは目先の変わったものを思いつかんのかね？　たとえば、切り干し大根の唐辛子いためとかさ」隣のあの男がいった。

「なんてったって、排骨《パイクー》の煮こみは飽きがこないよ」あの女があざけるようにいった。「肉をもっと入れれば、もっとうまいんだけどね。どうもわからないよ、排骨《パイクー》がいやだなんて。そんなことをいうのは気違いだけさ。あんたもかわいそうに、正気をなくしちまったんじゃないかい」

（二）

彼女は窓のカーテンの端をまくり、外のあの連中を陰気な顔で眺めた。そして鉄格子がはずれないか二、三度ためしてから、連中に向かって思いきりあかんべをしてみせ、カーテンを下ろした。

「太陽が西から出ないかぎり！」虚汝華《シュイルーホア》は家の中から挑むように叫んだ。

外の四人は一瞬あっけにとられたあと、どっと戸口に押しかけてきて、どんどんと戸をたたいた。しまいに小屋中が震えだした。やがて四人はふと、しめしあわせたようにたたくのを止め、顔を見合わせた。

「虚汝華《シュイルーホア》には太刀打ちできないよ」長い沈黙がつづいたあとで、ついに老況《ラオコアン》がしょんぼりと口を開いた。「戸にも窓にも残らず鉄格子が打ってあるんだもの。彼女にそそのかされて、ぼくが打っちまったんだ。虚汝華《シュイルーホア》はとうの昔からこういう卑劣な魂胆でぼくをだましていたんだ」

虚汝華《シュイルーホア》の母親はよたよたと前方を歩いていた。身体の水分が排出されないため全身がずっしり重く、皮膚が突っ張ってたまらず、手足を曲げ伸ばしするのも難しかった。老女は利尿剤を常用しており、今朝も起きるとすぐに飲んでいた。続けて飲んではいけないとたびたび医者にいわれながら、本当に苦しくてたまらなかったのだ。

老人はその老女に追いつこうとしていた。麻殻のように細いすねが小刻みに震え、瘦せた小さな影が老女のあの大きな黒い影にためらいがちに重なっては離れた。かつての妻が浮腫に苛《さいな》まれ、ひどく苦しんでいるのを老人は見てとった。彼女の老衰した白い顔は興奮に震えていた。

「汝華《ルーホア》はおれたちみんなをだましていたんだなあ」老女と肩が並ぶと、老人は口を開いた。「まったく、歴史の誤解というやつさ！　あいつに一本取られてしまったよ！」

老女はびくりとして足を止めかけたがまた思いなおし、黙っていっしょに歩きだした。

「どうだい、いい面《つら》の皮じゃないか。世間はどう見るだろう。おれたちの体面はどうなるんだ？　まさかこんな羽目になろうとは！　これで何もかも終わりじゃないか、ええっ？」老人は嬉しそうにみぞおちのあたりをさすった。

「あのちっぽけな家、ぶちこわしてやる」彼女がゆっくりと噛みしめるようにいった。老衰の身体に特有の例のにおいがした。

「おれたちふたりは連帯しなければならん」老人はきっぱりと宣言してすばやく四方を見まわし、さもいわくありげにしゃべりだした。

「まず動機をはっきりさせんことにはな。そもそも何のために汝華《ルーホア》は家に閉じこもり、世間と隔絶したのか？　これは実に微妙な問題だけれど、多少の手がかりはある。どれもあのごろつきの婿に関係してるんだ。気づいてるかい、あいつは毎晩街をうろついて通行人が残したつばをかき集めては、書類かばんの中にためこんでるんだ。いつかけんかをしたとき、やつは集めたつばでおれを溺れ死にさせるとほざきやがった！　あれ以来よく眠れなくて、やたらに足が攣《つ》るようになったよ」

老女は彼の身体に視線を移した。その視線にはかすかなぬくもりが感じられたが、顔の皺のひと筋ひと筋は寒々した空気をたたえていた。喘ぎ喘ぎ、岩のような足を力いっぱい運びながら、老女は苦痛に唇をゆがめていった。

「わたしなんて、たっぷり汚水を吸いこんだ腐肉のかたまりみたいなものよ」

あのほこりまみれの古い家にふたりが足を踏み入れるやいなや、家中の部屋の天井からザザーッと漆喰が落ちる音と、がたがたと鼠どもが走りまわる音が聞こえた。老人がまた昔のように籐椅子に腰をおろすと、そのとたんに、壁の掛け時計がぎょっとするような音で鳴りはじめ、うつろにゆっくりと十二回打った。

「この時計、ちかごろいつも人をだますの」老女はそういって冷ややかな笑みを浮かべた。「家中のものがひとつ残らずわたしに楯《たて》ついてるの。いつか窓をあけたら、塀の苔のにおいが吹きこんできて、家具という家具にしみついてしまった。夕日が中庭を照らすころになると、わたしは壁に雀を打ちつけはじめるの。なかなか思うようにいかなくて、羽根がそこらじゅうに舞いあがってしまう。あなた、さっき何ていったっけ？　今度の汝華《ルーホア》のやり口はどういうことかって？　教えたげるわ、あの子のねらいはわたしひとり。わたしを破滅させたいの、寝ても覚めても夢見てきたように。だれにもあの子の肚《はら》は読めやしない、でも、わたしにゃ手に取るようにわかる。窓の外に立ってると、汝華《ルーホア》は蚊帳の中でぎりぎりと歯がみしてるの。あの子がわたしに嚙みついたこと、覚えてる？　あやうく命を落とすところだった。あなた、もしかしたらわたしといっしょに食事したいんじゃない？　でもわたし、長いこと食事は作ってないの。いつもお店で即席麵を買ってきて食べてるの。浮腫になったのはビタミン不足のせいだと言われるわ。でも一時は元気になったの。本来なら、あの娘ととことん勝負することだってできたんだけど、もうおしまい。だってあんな手を使うんだもの。ねえ、わたしの顔、黒い染みがあるでしょう？　もう長くないわ。今晩雷が鳴ったら、どうしてもあの木の様子を見にいかなくちゃ……」

朽ちた床板の下から重苦しいくぐもった音が伝わってきて板を震わせ、もうもうとほこりをたてた。老人は弾かれたように立ちあがり、真っ青な顔で、喉をつまらせていった。

「なんの——音だ？」

「石臼」老女が低い声でいった。「巨大な、不気味な怪物。昼も夜も休みなく回りつづけて、あらゆるものを圧し潰していくの。怖がることはないわ。慣れてしまえばそれまでよ。ほら、その鼠たちだって、もう慣れてるわ」

もう午後になり、室内の光線は翳《かげ》っていた。ふたりはとぎれとぎれにあまり多くのことを話したので、声がかすれてしまった。相手の顔の輪郭もぼうっとぼやけ、首から切りとられて宙に浮いているように見えた。壁の掛け時計が半時間ごとにぼーんと一度打ち、そのたびに考えの筋道は断たれた。ふたりはまたさんざん苦労して最初からやり直していたが、ついには気もそぞろになっておし黙ってしまった。頭が岩のようにずしんと首の上に落ちてきた。そのとき、朽ちた網戸の破れ目から雀が一羽飛びこんできて部屋を半周し、ベッドの下にもぐりこんでがさごそ音をたてた。

「毎日、その穴から雀がもぐりこんでくるの。ベッドの下には母の骨つぼが置いてあるのに」

老女はちょっと声を震わせ、ほっとあきらめたようなため息をついて、何かを探しに立ちあがりかけた。

「雀が家にもぐりこんでくるなんて！　どうしてそんなでたらめをやらせておくんだ！　どこもかしこもぶったまげるような怪しい物だらけだ。石臼！　雀！　ひょっとしたら、ふらふら歩きまわる死体だっているんじゃないか？　よくまあ今日まで生きてきたもんだ！　おれなんか、もうこれだけで体中に鳥肌がたつよ」

「きのうは古い杯の中におしっこをして、南京虫を二匹入れたの。そのせいで一晩中げっぷが出ていたわ」老女は微笑を浮かべて思い出にふけった。

老人は犬蚤にでも刺されたようにぴょんと跳びあがり、よろめきながら逃げていった。

「おまえなんか、くたばっちまえ！」彼はふりむきざま叫んだ。

巨大な石臼が回りはじめた。老女の顔には微笑が凍りついていた。

「ママ、大変な災いがふりかかってくるよ！」

母親はきっと老況《ラオコアン》をにらみつけた。眼光は二本の錐《きり》のように息子を貫いた。鳩がクックーと鳴き、綿打ち工場の綿屑がびっしり群がった蛾のように、窓の外をひらひらと飛んでいった。彼女は蔑むように息子を眺めながらおごそかにボール箱を捧げもち、ぺっと痰を吐いた。

「わたしは昔、若い娘だったんだよ」

「うん、ママ」

「わたしのみぞおちには、もう十年も前からしこりがひとつできてる。それがちかごろ膿《う》んで、ずきんずきんしてるのさ。そんなとき話しかけられたんじゃ、もうたまらないよ。気持ちのバランスまで崩れてしまう。軽々しくわたしに口をきかないでおくれ、身体に障るんだよ。ものは相談だが、この境の戸を釘付けにして、めいめいが自分の部屋の戸から出入りするようにしたらどうかね？　そうすれば互いに邪魔にもならないし、心の落ち着きも保てるから」

「うん、ママ」

息子は背中を丸めて出ていった。ズボンのベルトが服の裾からぶら下がっていた。

最近のある晩、彼女が蝗《いなご》を捕まえる夢を見ていたら、その夢の中で突然ゴロゴロと雷が鳴り、目が覚めてしまった。ところが電灯をつけてもまだゴロゴロ、ゴロゴロ……と音がしている。上着を引っ掛けて息子の部屋にいってみると、彼は肉のまりのようにまんまるに縮こまっていた。雷鳴は、その肉まりが震える音だったのだ。ゴロゴロゴロ、ゴロゴロゴロ……。

ひと晩中、彼女は窓の外のあの石炭殻の道をざくざくと足音をたてて行きつ戻りつしながら、狂ったように怒りのうめき声をあげていた。

「だれだい？」盲目の占い師が真っ暗な穴ぐらのような眼で見あげた。

「幽霊さ」彼女はいまいましげに答えた。

夜が明けるころ、雷鳴はようやく徐々に鎮まっていった。

だが、翌日の晩になると、またまったく同じことがくりかえされた。まず蝗の夢を見て、それから驚いて目を覚まし……。

彼女は大またで息子の部屋に入っていくと、荒々しく彼を揺さぶり起こした。

「どしゃぶりの雨だよ、ママ」彼はぼんやりといった。「畑で蝗を捕まえてたら、急にゴロゴロと雷が鳴って、大雨が降りだしたんだ」

彼女は唖然として彼の寝言を聞いていたが、やがてふたつの部屋の間のあの戸を見て合点がいった。なんとあの戸から息子の夢が彼女の部屋に進入し、彼女の体内に入りこんだのだ。

その日からあの戸は彼女の悩みの種になった。

老況《ラオコアン》は戸のすきまにじっと耳を押しあてて、隣の部屋の動静をうかがっていた。

戸を封鎖したあの日の夕方、白髪頭の乞食がやってきて、片手を懐に突っこんで虱《しらみ》をつぶしながら大声でいった。

「この家はなんでこう、うっとうしいんだ?」そして老況《ラオコアン》をひたとにらみ据えたまま、三度お辞儀をすると、ベッドの端に腰をおろした。

「今夜はここに泊まるからな」乞食はまたそういうと、靴を脱ぎはじめた。身体から鼠のにおいがした。

「ママ! ママ……」彼はおどおどと小声で叫び、部屋の中を歩きまわった。だが、戸は閉ざされていた。

彼はぶつぶつこぼしながら一夜を明かした。ベッドが狭かったので、乞食の臭い足がしょっちゅう口もとに伸びてきた。虱は一刻も休まず彼を攻撃しつづけた。

「どうして電気を消さないんだい?」母親が隣の部屋でいかめしい咳ばらいをした。

「ママ、ここに人が……」

乞食がいきなり彼を蹴とばした。急所をやられ、痛みで気が遠くなりそうだった。

母親が口汚く罵る声が聞こえ、やがて鼾《いびき》が聞こえてきた。あの晩、彼女はぐっすりと眠れたにちがいない。盲目の占い師がまたやってきて、窓を何度か叩いてみたが、何の反応もなかった。

だが息子の方も、夢を見るどころではなかった。電灯の黄色い光が乞食の顔を照らし、ぼうぼうと伸びた白髪が矢のように四方に広がっていた。いかにも凶悪な、いやらしい人相だった。乞食をベッドの端に押しやって、ひからびた細いすねでぐいとはさむと、石灰質のうろこがばらばら落ちてきて、あたり一面に散らばった。黄色い光に照らされた室内には、一種まがまがしいものが潜んでいた。夜が明けようとするころ、乞食はベッドからおり、びっこをひきひき出ていった。

「ママ！　ママ……」彼は部屋のドアを打ちたたきながら、赤ん坊のようにか細い声で叫んだ。夕日が瑠璃瓦《るりがわら》の屋根の向こうに沈み、風がいらだたしく、もの哀しい調べを吹き鳴らしはじめたころ、乞食はまたもややってきた。あいかわらず例のばか長いずだ袋をもって、部屋に入るやいなやベッドに腰をおろして靴を脱いだ。

ずだ袋は怪しげに動いていた。

「何が入ってるんだい？」

「コブラさ」

気違いじみた恐怖の夜だった。蛇は袋の中から鎌首をもたげてきた。

老況《ラオコアン》は毛布にくるまり、戸にぴたりと身を寄せて一夜を明かした。鼻の穴には米粒大の吹出ものがびっしりできていた。

「ぼくらは虚汝華《シュイルーホア》には太刀打ちできないよ」彼は向こうの戸口に回ると、母親の袖にとりすがって哀れっぽくいった。「あの女は奇跡を起こそうとしているんだ。家中の戸の鉄格子は、このぼくが打っちまったんだよ」

「ぺっ！」母親は箱に痰を吐くと、息子の鼻先でぴしゃりと戸を閉めた。

ちかごろ彼女は毎晩ぐっすり眠れるようになった。息子だけがひとり、壁の向こうで蝗を捕まえているのだった。


雷が鳴ったあの晩、老況《ラオコアン》は傘をさして梶の木の下の家の外に立っていた。中は真っ暗で、窓を隔てて重苦しい喘ぎが聞こえる。その喘ぎは、もうもうと煙を吐いている煙突を思わせた。窓によじ登り、稲妻に照らしだされた室内を見ると、彼女は仰向いて例の水差しの水を飲んでいた。大きく開いた鼻の穴からは、思ったとおり、濃い煙が渦巻いて噴き出している。

「窓にへばりついてるのは、大きな蜘蛛かしら？」

虚汝華《シュイルーホア》は中からからかうようにそういうと、妙な鼻声でなんと歌をうたいはじめた。それはいつまでもつづく冗長で単調な歌だった。ひげの無いめくらの白猫がやたらに登場し、赤ん坊がそれに親指を食いちぎられて鮮血淋漓《りんり》、むごたらしさに目をおおうという歌詞だった。

「どうして電気を消さないんだい？」

「怖いんだよ、ママ」

「壁のすきまから明かりが漏れてくるから、わたしゃてっきり、おまえの部屋が火事にでもなったのかと思ったよ。自分の魂に気をつけるんだね」

らけなんだよ」

「ぼくを見捨てないで、ママ。ぼくは畑の中を一生懸命這ってるんだ。蝗に噛まれて足は穴だらけなんだよ」

（三）

彼は土鍋一杯の排骨《パイクー》の煮こみを外の石段にぶちまけてしまった。慕蘭《ムーラン》が食器を並べ終わってごはんだと呼んだとき、黙ってつかつか歩みより、土鍋を持ちあげるなりばしゃんと石段にぶちまけてしまったのだ。電光石火の早業だった。

腰をおろして女房の小馬鹿にしたような眼を見ていたら、胸がむかむかした。

「死んだ雀が一羽、隣の屋根の穴から天井裏に落ちてったよ。撃たれたわけでもないのに、どうして雀が死ぬんだろうね」慕蘭《ムーラン》はどこ吹く風でいった。

女房が出ていくと、麻老五《マーラオウー》がにやにやしながら入ってきた。

「殺虫剤はないよ」更善無《コンシャンウー》は急いで先手を打った。

「そうかい？」麻老五《マーラオウー》は疑わしげにじろりとにらむと、さも馴れ馴れしげに身を寄せてベッドに腰をおろし、耳もとでぼそぼそとささやいた。

「きょうは家で椅子に座って、午前中ずっと考えこんでいたんだ。どうもわからんのだよ、あんたとわしは一体どういう間柄なんだろう。あんたはわしの隣人だし、友だちでもある、そうだろう？　ときどき思うんだが、わしらの間にはよくよく深い因縁《いんねん》があるのさ。まだおふくろの腹の中にいた時分から、唇歯《しんし》相依《あいよ》る定めだったんだよ。あんたが越してきたその日にもう、どこかで見たような顔だと思ったものさ。あの日は夕焼け雲が出ていた。わしが飼っていた十羽ばかりのおんどりを追っていたら、ふいにあんたがやって来た。灰色だか青だかわからんような服を着て、いやにしょぼくれとった。そこでつい、親しみのようなものが湧いてきたのさ。甘ったるい糊《のり》みたいにな。ところがあんたときたら、まるでわかっちゃいない。うるさくつきまとうとでも思っとるんだろう。わしの股ぐらには瘤がひとつある。ほら、ここだ。どうせ、いい気味だと喜んどるんだろうが、医者は心配ないとさ。いっておくが、これで解放されたなんて思わんことだな。これは必ず治る。医者が太鼓判を押しとるんだ。あんたとわしの唇歯の間柄は、おふくろの腹の中にいたときからの定めなのさ」

　麻老五《マーラオウー》は立ちあがると、なんだか物足りなげにぐるりと四方を見回し、またもう一度見回してから、恨めしそうに去っていった。ところが戸口を出ようとしたあたりで、またもやズボンがずり落ちた。ちかごろ麻老五《マーラオウー》の更善無《コンシャンウー》に対する侵犯行為は、いよいよ忍びがたいものになってきている。きのうは街の真ん中でむんずと彼をつかみ、臭い顔をよせてぶちゅぶちゅと接吻したあげく、ひょいと跳びのいて大笑いした。そしてまたもや見物人に向かって、彼の個人的な秘密をあばいてやるといった。あのとき彼は胆をつぶして真っ青になったものだ。だが今も、べつに解放感など感じていなかった。ただぼんやりと麻老五《マーラオウー》の後ろ姿を眺めていたら、ズボンが落ち、薪のような太腿《ふともも》と股間の黒い毛が見えたのだ（明らかに、麻老五《マーラオウー》はわざとズボンを落とした）。彼は猫いらずでも飲んだように動転した。いい気味だと思うどころか、毒を盛られた断末魔の痩せ猫みたいにひきつけを起こしてしまった。

「きみは眼鏡をどこへやったんだ？」所長が更善無《コンシャンウー》の肩をたたいた。「そうか、のらくらしとったのか！　うまくやったな！　おい、みんな見てくれ、これぞ奇怪な社会現象というものだ！やっこさん、毎日ここに座っているが、一体どうしたことだ？　昔、わしの同僚に、毎日昼間は事務室に座り、夜になると墓の盗掘に行ってるやつがいたものだ、だれにも知られずにな……へッ」

老劉頭《ラオリウトウ》が彼に近寄ってきてくんくんとにおいをかぎ、いぶかしげに首を振ってつぶやいた。

「何かおかしいぞ、実におかしい……この男、一体どうしたんだ？　まさか、てんかんの発作でも起こすんじゃあるまいな？」

更善無《コンシャンウー》は、隣の女がガラスの水差しを傾けるティントンという音と、喉をごくごく鳴らす音を聞いた。女が見たという林の中のことを思いだすと、全身が火照《ほて》り、苦しくてならなかった。あんなことはできるだけ忘れてさばさばしたかった。だが麻老五《マーラオウー》の今度の一手は、彼をとことん打ちのめした。麻老五《マーラオウー》のズボンが落ちたとき、彼の全身はみみずのようにのたうった。腸穿孔《ちょうせんこう》という病気については聞いたことがあったが、自分がそれにかかりはしないだろうか？

「あのじじい、病院に送られたよ」慕蘭《ムーラン》がじっと亭主を見据えたまま、何発かすかしっ屁をした。

「じじいって？」

「きまってるじゃないか。あいつ、自分が入院したことを決してあんたにはいうなと隣近所にいい残していったよ。病院で足を切り落とされてしまうのさ。あんたとあいつの間は一体どうなってるんだい？　もう隣近所でうわさになってるよ。あんたはあいつの前じゃ、猫ににらまれた鼠も同然だってね。それに、あんたが男かどうかも疑わしいってよ。だれもその目でたしかめた者はないんだから、証明はできないんだとさ……」

「おれは腸穿孔になっちまった」

彼はそういうとまた床に倒れ、ひきつけを起こした。

「あれから、どれだけの時間が過ぎ去ったことでしょう！」あの女のきんきん声が板壁のすきまから漏れてくる。

「ねえ、気がついた？　木の葉は枯れつくしてしまったわ。ちょっと踏んだだけで、たちまち粉微塵になるの。雨が降ったあの日、あの木の根っこがずんずん膨れあがって張り裂ける夢を見たわ。どうしてあんなにがぶ飲みしたのかしら？　でももうその水分もすっかり蒸発してしまった。火は内側から燃えだしたのよ。ここ何日か、まるで雨が降らなかったから、根はみんな真っ赤な炭になってしまった。けさカーテンをまくってみたら、木のてっぺんから青い煙がゆらゆらと立ちのぼり、枝は苦しそうに精一杯手を広げていたわ。あれは偽りの火、鬼火よ、永遠に明るい火花を散らすことはない……きのうの昼、老況《ラオコアン》は木陰の葡萄棚の夢を見たの。来たとたんにそんなにおいがしたから、すぐにわかったの。でもそのせいで彼、かんかんに怒ってたわ」

「もう少し待てば、きっと何かが起きるんじゃないだろうか？」

彼は心の中で反駁した。

「麻老五《マーラオウー》はもうすぐ肉の団子になっちまうさ」女房の声が蠅のように耳もとでぶんぶんうなっている。「思ってもごらんよ。そんな肉の団子がごろんごろんごろんごろんと地面を転がってるのをさ。あんなやつ、何が怖いのさ？」

「うちの戸締まりはなんてしっかりしているんでしょう！　もう安全だわ！　連中はやってきたわよ、夜な夜なやってきたわ。でも何ができて？　手をこまねいて窓の外を右往左往しながら、できもしない悪だくみをめぐらしてるだけ。でも日が昇ると、わたしの心臓はすぐどきどきしはじめるから、カーテンをしっかり閉めておかないといけないの。連中はわたしは鼠だというけど、そのとおりよ。だって暗いところに隠れて家具をかじるのが好きだったのは確かだもの。だから以前、わたしの歯はとぎすまされていたの。老況《ラオコアン》はわたしに猫いらずを盛って殺してやりたいといってるわ。でもただ思ってるだけ。そんな度胸なんてありゃしない。老況《ラオコアン》はまるまる太った回虫なのよ。夜になると母親の腸の中にもぐりこんで、さも気持ちよさそうにへばりついているのが見えるわ。ひょっとしたらあの母親、いつか彼をひり出してしまうかもしれない。老況《ラオコアン》が母親の肛門からひり出される様子なんて、思っただけでおかしくなっちゃう」

女の声は日に日にか細くなり、あのぼろ毛布の怒号は日に日に猛々しくなっていった。

慕蘭《ムーラン》は顔をあげてじっと聞き耳をたてるふりをし、ふっとため息をついた。

「あの女はもうくたばったね。だっておかしいんだよ、朝から晩までどうして物音ひとつたてずにいられるのさ？　壁に耳をつけても、ことりとも音がしない。だいぶ前からだよ。もうくたばったかと何度も思ったけれど、また夜中になると電気がついてた。ところがきのうの夜、電気はつかなかったんだよ。気づいたかい？」

「そのことは手帳につけておくべきだね」

「どういう意味だい？」

「どういう意味か？　おれはもう、何をいいたかったかなんて覚えてないよ。だから、自分でもわからないことを口走ってしまうんだ。いつも、やりたくもないことばかり思いつく。さっきだって、裏に貯水池を作って魚でも飼ったらどうか、なんて考えていたんだ。壁が破裂して、中から蛇の頭が出てきやしないか、なんてことも思った。一日中こんな考えにまつわりつかれてるのは楽じゃないね。おかげで神経衰弱になっちまった。おまえが寝てしまってもこっちは目をあけたまま、虫が衣装だんすの服をかじる音を聞いてるのさ。あの音は夜も昼も休みなしに聞こえる」

女房が出ていくやいなや、窓のすきまから舅の赤い鼻が伸びてきた。もちろん、やつらはぐるだ。

「わしと娘がぐるだって思ってるのかい?」舅は鼻に滑稽な皺をよせた。「そりゃ違うな、婿さんや。わしはあいつを死ぬほど憎んどるんだ。あんたらがけんかをするたびに、わしは、ひとおもいにあんたがあいつを殺《や》ってはくれんかと、戸の向こうに寝ころんで陰ながら応援しとるんじゃ。ところがあんたにゃやれやせん、この腰ぬけめが。毎度わしが物を取りにくるたびに、あいつはぎゃあぎゃあ騒ぎたてて盗っ人よばわりしやがる。だがあんたはまるで裏を知らないんだ。ここの物を持って帰ると、あいつは途中で待ちかまえてて、山分けしろ、分け前をよこせと迫るんだぞ。いつぞやけんかになったときは、わしの頭を泥水の中につっこみやがった。あいつには情夫《いろ》が大勢いるんだ。わしの家に引きずりこんで寝てるのさ。てめえの親父には、外で立番をさせやがる。どしゃぶりの雨でずぶ濡れになろうが容赦はしねえ。ところであんたのことは、お寺の上からとくと見物させてもらったぜ。このじじいの目からは、なんだって逃れられやせん。あんたの悩みの種だって先刻お見通しさ。あんたの大の苦手は麻老五《マーラオウー》だ。いつも街のど真ん中で赤っ恥をかかされてるからな……」

「ぶち殺してやる！」

更善無《コンシャンウー》は突然跳びあがって老人のむなぐらをつかんだ。眼がすわっている。

「おい、何をする、ええっ？」舅は力いっぱい彼の手を振りほどいた。「すまんが行かんといかん。わしとしたことが、何をごちゃごちゃいっとるんだ？　白痴相手に何をいってもはじまらんわ」

十二時を回ると、またあのふたりの亡霊がやってきた。月光の下を歩きまわり、枯れ葉を苦しげにかさかさと鳴らした。更善無《コンシャンウー》は窓ごしに、老人のほうが疲れた声でつぶやくのを聞いた。

「来る途中、片足がぬかるみにはまって、どうしても抜けなかったぞ。何かがふくらはぎに噛みついて、針で刺されたようだった。この家に新しく生まれた子鼠どもは、また大きくなったな。走りまわる足音が聞こえるだろう？　おれたちはまるで二匹の荒野の狼といったところだ、なあ」

「さっきベッドから起きようとしたら、まるで足があがらなかったわ。利尿剤のせいよ。このごろは昼も夜も半時間ごとに、壁の時計が狂ったように鳴ってるの。中の歯車が錆びてるから、もうすぐ止まってしまうのよ。あんな断末魔のあがきを聞かされると、胆がつぶれてしまうわ」

「みんなそんなもんさ。おれだって夕べは寝てない。何か起きるんじゃないかとずっと待ってたんだ。夜気の中に氷の鉤がいくつも浮かんでいた。猫が一匹、部屋のすみっこで人間みたいなため息をついてたし、数えきれない泥棒どもが、窓の外を走りまわっていた。タタタ、タタタ……と。しかし妙だな、おれはどうしてこんなに長く生きてるんだろう。おれたちはもう、とうにくたばったはずじゃなかったか？」

「わたしの髪の毛がどうして抜け落ちたか、知ってる？　あの年の秋は雨ばかり降って、どこもかしこもじめじめしていた。揺り椅子にすわって新聞を読んでいたら、汝華《ルーホア》が猫みたいにそろっと入ってきたの。虫の知らせか、ぞくりと寒気がしたわ。そのときあの子が稲妻のように跳びかかってきて、頭の皮をついばんで逃げてったの。あの日からよ、髪がごっそり抜け落ちるようになったのは。頭皮がすっかり死んでしまったのね。ねえ、この木に触ってみて。熱くて火傷しそう……そうよ、わたしの災難はすべて、あの秋に始まったのよ。あのころはどの椅子もペンキが腐っていて、腰をおろすとズボンにべったりくっついたし、足の裏にもいつも汗をかいていたわ。靴の中がじとじと冷たくて、足を入れるとぞっとしたものよ」

ふたりはうめきながら、苦しそうに地面を踏み鳴らした。

ターターターター……。

更善無《コンシャンウー》はベッドの上でひきつけを起こしていた。シーツが鞭のように裸の背中を打ち、彼は蛇のようにのたうちまわるのを覚えた。
明け方、彼の全身はぱんぱんに腫れあがり、ひどくこわばっていた。

（四）

虚汝華《シュイルーホア》の母親の片足はベッドに釘付けになったように、びくとも動かなかった。きのう風呂を沸かして浴びにいったところ、何年も掃除をしていないセメントの床がぬるぬるしていたため、入ったとたんに転んでしまったのだ。そのとき、左足の内部で何かが、磁器が砕けるような音をたてた。ほんのかすかな音だったが、彼女には聞こえた。腕で身を支えて寝室に這いもどると、老女は腐ったようなにおいのするねばねばした服を着たままベッドに倒れこんだ。今や死が、傷ついた足から始まっていた。彼女は待っていた、死がたえまなく上半身に向かって広がってくるのを見ていた。雀が一羽また一羽と網戸の破れ目からもぐりこみ、薄暗がりの中を狂ったように飛びまわった。老女はまだ自由のきく手でベッドの枕をまさぐると、もののけに取り憑かれたような、その小さな生き物に投げつけた。もしかしたら今、外にはぎらぎらと太陽が照っているのかもしれない。屋根瓦が灼け、ちりちりと音をたてているではないか。石臼は床下でうつろな乾いた音をたて、老女は炎天の日に死のうとしていた。その死はまさに、この陰気な古屋と同じ暗黒だった。ついに老女はこの古屋に融けこみ、一体になろうとしているのだ。

壁の古時計が最後に鳴ったのは、きのうの夜だ。物狂おしいでたらめな乱打だった。時計の内部に不可思議な爆発が起こったため、文字盤のガラスは割れて、いくつもの破片になった。今や時計は永久に沈黙し、損なわれた死相で寝床の老女を冷たく見おろしていた。傷ついた足から腐乱が始まっていた。そのにおいは長年来の風呂場のにおいそっくりだった。老女ははたと悟った。なんと何年も前から、死は、すでにやって来ていたのだ。彼女は風呂場で汚した服を脱ぎ捨てようともがいた。しかし脱げなかった。服はべったりとへばりついて皮膚と一体になり、あのにおいはもう、体内の器官にまで滲みとおっていた。服も老女と共に死のうとしていた。ベッドの下の骨壺が背中にあたり、氷棒のような冷たさが襲った。老女の母親の死もこの寝室で起こったのだった。最後の日、母の身体もこのベッドの上でゆっくりと融けていった。彼女は母親がこぼしていたのを覚えている。あの掛け時計の音がぼーんぼーんと心臓を打つ、と。けれども、神経錯乱のせいだと思ってだれも相手にしなかった。母親は心臓破裂で死んだ。いまわの際のあの恨めしそうな顔が、今も脳裏にこびりついている。彼女は思いきり泣きたかった。だが涙腺はふさがっており、喉からは仔猫が鳴くような変な声しか出なかった。とうに泣き方を忘れていたのだ。

きのうの夜、老女と前夫は突然跳びあがり、あの木の幹めがけて死に物狂いで頭から突っ込んでいった。そしていっしょに地面に倒れた。虚汝華《シュイルーホア》の部屋に明かりがついた。その光は奇妙な醤油《しょうゆ》色をしていた。ふたりは濃い色のカーテンのすきまから、娘のミイラのような身体を見た。娘は一糸まとわぬ姿で、灰色の皮膚にはたくさんの緑色の斑点ができ、その斑点には長いうぶ毛も生えているようだった。

「外に、腹をすかせた狼が一匹いるわ」娘が小馬鹿にしたようにいった。「あの子はくたばった、盲の猫がとうとうがぶり、あの子の首を嚙み切った」

「あれはほんとに悲しい日

ちっぽけな忍冬《すいかずら》の花が、はらはらひらひら散ってった……」

口をつぐむと唇はたちまち凍りつき、眉にも白い霜が湧いた。虚汝華《シュイルーホア》はマッチをすり、炎に口をつけてはーっと白い冷気を吐いた。火が消えると寒さは一層つのったように思われ、全身がこわばった。たくさんの新聞紙を探してきて床につみ重ね、マッチで火をつけて炎に胸や背を舐《な》めさせた。炎が燃えあがるにつれて、身体もしなやかにほぐれ、皮膚にもばら色の赤みがさしてきた。鼻孔からは煙と火花が噴きだした。眼には火が燃えて、恐ろしそうに大きく大きく見開かれた。炎の舌が今にも天井にとどきそうになったとき、揺らめく火影の中に、かつての夫が蠟《ろう》のように融けて縮んでいくのが見えた。ひくっひくっと痙攣的に首を伸ばし、悲惨なしゃっくりをしながら……。目玉はしだいに縮み、ふたつの小さな白い点になっていった。

「脳の血管が破裂しちゃったよう……」

老況《ラオコアン》は哀れっぽくうなると、黒々したものをどっと吐いた。

老女はつるつるの頭皮が痒《かゆ》くてたまらず、とうとう血が出るまで掻きむしってしまった。髪の毛を失ったあの一件を、彼女は忘れることができなかった。あのじめじめした秋、枯れた木の葉は血がしたたるように赤く、壁からは黒い水がにじみ出し、彼女は揺り椅子に座って、夜も日もない不安にかられていた……けれども、石臼は、乾いた耳ざわりな音で、またもや鳴り響いた。壁が震え、漆喰がぱらぱらと剝げ落ちてきた。驚いた二羽の雀が天井にぶつかって怪我をし、ぼろ切れのように墜落した。ベッドの下の骨壺は躍り出し、死人は壺の中で苦しそうに転げ回った。何かが石臼のふたつの盤の間に落ち、か細い、啜《すす》り泣くような音をたてたと思うと、たちまち無情な噪音に呑みこまれてしまった。

街で前夫は彼女のあとにぴたりとついてきて、陰謀家のような目つきでじろじろ眺めまわし、深刻な顔をしていったものだ。

「おれたちは、なんておいぼれちまったんだろう！」

むくんだまぶたの裏からようやくもがき出た視線で、前夫のあの穴のあいた帽子を見ながら、老女は身震いしていった。

「わたしたちがどのくらい生きてきたか、覚えてる？」

「とても思いだせないね。とうにぼけちまってるよ。このところ、窓の外の木の枯れ葉が、おれを放そうとしない、サササ、サササ……って。おれたちは、どのくらい生きてきたんだろう？」

「わたし、夢であれこれ見たけど、どれもあの雨の日に関係があるの……石段をおりたとたんに滑って転んでしまったわ」

老女の視線はふらふらとさまよい、凧《たこ》のように前夫の顔をかすめた。空には太陽が出ており、光線はとても強かった。老女の最後のわずかな気力は失せ、凧も眼窩の奥にもどってしまった。

「目の前は漆《うるし》のような闇なの」彼女はそういって電信柱にもたれた。「もうすぐ目が見えなくなるわ。ほんとに後悔してるの。酷使しすぎたって」

「だれをさ？」前夫が驚いていった。

「わたしの眼よ」

「もしかしたらいつか、こんな日が来るかもしれないさ。おまえが家の中庭に出ていくと、空はぼうっと霧雨に煙っている。猫が一匹、庭のすみに座って哀しげに鳴いている。そこでおまえがいう、『もう充分』って。そう、それで何もかもが終わるのさ。おまえは家に入ってすぐ、眠りにつくんだ」

遠くの方を長い汽車が走っていった。のんびりと汽笛が鳴り、やがて車輪がレールをこする音が聞こえた。一両また一両、ガタンゴトン、ガタンゴトン……。

「どうしてそんな風にいい切れるの?」彼女が怒ったようにいった。「まるで逆だわ、終わりなんてあるはずがないのよ。それはわたしの神経にぎっしりつまっていて、悪夢を見ているとき、少しずつ小出しに出てくるだけ。どのくらいになるのか、もう覚えてはいないわ。でも、どのみち、なにひとつ終わりやしないのよ。レントゲンを撮ったら、わたしの腎臓の中は石ころばかりだった。ちょっと腰をかがめると、中でがらがら鳴るの」

老人はしょんぼりと頬をへこませ、今にも泣きだしそうだった。

「ああ、死ぬまで! 死ぬまでずっとなのか!」彼は絶望したように叫んだ。「ササササ、ササササ……おれの夢だってあの音でいっぱいだ。以前はいつも明け方、だれかが石炭殻の道を歩きまわっている音が聞こえた。なんと、あいつもこの恐ろしい苦しみをなめていたんだ。歩きまわらずにはいられなかったんだ。ついに足がきかなくなり、最後のその日が訪れるまでな。万一おれたちがずっと長生きするとしたら?」

彼女がそそくさと先を急ごうとすると、前夫は袖にすがりついてきて哀願した。

「もっと何かいってくれ、何かいっておくれよ。不安で身体が震えるんだ」

老人の指の間からじくじくと粘液がにじみ出てゴム糊のように彼女の袖にへばりつき、振っても落ちなかった。鼻の穴や目尻からも黄色の粘液が流れ出した。老人は啜り泣きながら、まだしゃべっていた。太陽はお寺の屋根に沈み、空には不吉な風が吹いていた。彼女には、前夫がまるで死にたがっていないのがわかった。くどくどといつまでもしゃべっているのは、まさに、死ぬのが怖いからにほかならなかった。彼が自分のちっぽけな生命をかくも惜しんでいることが、彼女をひどく驚かせた。老人の指は彼女の袖の上でぴくぴくとひきつり、醜いどじょうのように見えた。

「あなたの顔がよく見えないわ」彼女はしゃべりはじめた。

「続けて、続けて！」

「髪の毛のことはもう話したけど、もうひとつ、あなたの知らないことがあるのよ」

「続けて」

「わたしが壁に打ちつけた雀のことなの」

「いいねえ」

「暗闇の中で、壁の雀はちーちー鳴きながら暴れだすの。口からぽたぽたと黒い血を垂らして……。わたしはふとんから顔を出して吐いたわ。吐いた物のにおいは、家の風呂場のにおいそっくりだった。月が網戸を照らし、窓格子は苦しそうにうめいていた。何か、犬みたいなものが中庭を歩きまわって、雀はたちまち静かになってしまった。西のはずれのあの納戸で、天井の漆喰がまたばさりと剝げ落ち、鼠が一匹、部屋の真ん中を突っ切って台所に駆けこんでいったわ」

「いつぞやの晩、おれはおまえの家の表門を鍵であけて、明け方まで中庭を歩きまわった。だけど雀なんて見えなかったぞ。あの晩、月は出てなくて、まわりは真っ暗闇だったからな」

「わたしが吐いたときは、月が網戸を照らしてたの」彼女はいまいましげに首を振った。「何か刺すようなにおいがしたでしょう？」

「まわりがあんまり暗いから、細口瓶の底にでも落ちたような気がした。酸素が足りなくて、しかたなく魚みたいに大口あけてぱくぱくやってたよ」

石臼はゆっくり回った。ますます陰鬱に、ますます殺気だって。挽き砕かれる寸前に雀が発した絶叫は、激しい怒りを押し殺した雷鳴にかき消されてしまった。

隣の部屋の天井がどさりと落ち、漆喰のにおいが鼻をついた。一羽の雀が老女のふとんに落ちてきて、じたばたもがいたあげく死んだ。

どこか遠くで突然雷が落ち、大木を引き裂く音が聞こえた。

結　末

彼女は夢の中でもう、木の焦げる鼻をつくにおいをかいだ。引き出しのカステラが融け、てらてら光る南京虫に変わった夢を見ているときだった。虚汝華《シュイルーホア》は身を起こし、最後のわずかな干し肉を一匹の雌鼠に与えた。ベッドの下に投げて、鼠ががりがりとそれをかじる音をじっと聞いていた。きのう両親はやってこなかったが、もしかしたらこのせいかもしれない。彼女は虫歯が痛くてたまらなかった。そこで一時間おきにベッドの下に干し肉の小さなかけらを投げてあの鼠にかじらせながら神経の激痛をまぎらしていたのだ。夜明けには、干し肉は残らず投げおわり、歯の痛みも徐々に和らいできた。そのときふと、昨晩両親が来なかったことを思いだし、いぶかしんだのだった。

大木は明け方、雷に引き裂かれていた。濃い煙がもうもうと空に噴きあげ、真っ赤な火花が散っている。今や木は地面に倒れ、中がすっかり燃えつきてがらんどうになっていた。隣の夫婦がいっしょに出てきて、あの散乱した枝の間で、幹に掛けていた鏡を探しまわった。ふたりとも尻を高々とかかげ、むくんだ顔を地面すれすれに近づけて、あの水銀を塗ったガラスのかけらを二本の指でおそるおそる拾いだしていた。虚汝華《シユイルーホア》はカーテンの陰から夫婦を観察した。こわばったつまさきが地面を踏み鳴らす音が聞こえ、紫に腫れた指がしゃぶられ、眼に痛そうな涙が浮かぶのが見えた。男の髪は一夜にしてすっかり抜け落ちており、青白い頭の皮が吐き気をもよおさせた。窓を隔ててかすかに、あのなじみ深いすえた汗のにおいがした。男が「甘いにおい」と称していた例のにおいだったった。

新聞紙を燃やし終えると、もう燃やせるものはなにも無かった。外には太陽がぎらぎら照っているのに、骨は氷水にでも漬かっているようだった。朝起きたときには全身がほとんど凍りつき、タオルでごしごしこすらないと足も曲げられなかった。さもないと、ちょっと動かしただけで竹のようにぱんぱん鳴り響くのだ。思いきって息をすることもできなかった。少しでも力を入れると、鼻先にすぐ六角形の氷の花が咲き、鋭いふちで唇が切れて血が流れた。大だんすの鏡はもう、黒い布でおおってあった。だいぶ前から、鏡など見たくもなくなっていた。あの日ふと、服がぶかぶかなのに気づいて脱いでみたら、自分が干魚みたいに薄っぺらになっているのがはじめてわかったのだ。胸腔も腹腔も透明に近く、光にかざすと細い葦がびっしり並んでいるのがぼんやり透けて見えた。指でたたくとうつろな音がした。

ポンポンポンのポン！

虚汝華《シュイルーホア》は水甕に残っていた最後の黒ずんだ水を水差しに汲み、仰向いてごくりと飲みほした。糸のように細い流れが胸腔から腹腔へ下り、不思議なことに消えてしまった。尿は、ひと月あまりも出ていない。鼠はついに肉のかけらを放りだし、身重の体を引きずって穴に帰っていった。彼女は粗い毛布の下で干魚のように震えながら、がさがさとしきりに毛布を鳴らした。南風が瓦の継ぎ目から吹きこんでくると、毛布は風をいっぱいにはらんで彼女を包んだままふわりとベッドから浮きあがり、しばらく宙に浮かんで、またどすんとベッドに落ちていった。南風は生臭いにおいがした。そのにおいをかぐとたんに、野兎のまぼろしが脳裏に浮かんだ。野兎はいつも深い草むらの中に身をひそめていた。萎縮症はすでに下肢に広がっている。もうすぐベッドからおりられなくなるだろう。数えてみれば、もう二ヵ月と二十日の間、何も食べていない。そのせいで胃腸はしだいに体内から消え失せつつあった。今では腹をたたいてみても、硬くて薄っぺらな透明な塊でしかなく、何本かの葦の影のほかは何もなかった。

虚汝華《シュイルーホア》はずいぶん前から昼夜の区別がつかず、身体の感覚のみに頼って日にちを区切っていた。計算してみると、この家に閉じこもってから、もう三年と四ヵ月になる。その間に白蟻は一脚の籐椅子を食いつくし、部屋のかたすみに筋の山を残しているばかりだ。殺虫剤もまかなかったのに、こおろぎはみな凍死し、こわばった死骸が一面に散らばっていた。水甕には緑色の小虫がいっぱい湧き、水を飲むと、いっしょに飲みこんでしまった。ある朝目をさますとタオルケットはぼろの山になっており、指でさわったらたちまち灰になった。家の真ん中にはだいぶ前から雨漏りがしていた。やがて水たまりができ、晴れると小さな蛙が何匹も跳びだしてきた。

足の内部で竹が割れるような音がした。虚汝華《シュイルーホア》はその足を引きずりながら家中をまわってひととおり眺めまわし、あの鼠色の長い髪を麻縄でたばねた。そして引き出しをあけて前に使ったことのあるグリセリンを探し、かさかさにひび割れた指を順ぐりに浸してひびをふさいでいった。それからそっとベッドにあがって毛布をかけ、もう二度と動くまいと心に決めたのだった。視線が壁を貫き、隣のあの男がひどくつらそうな格好で立っているのが見えた。男の長靴の中にはぬるぬるした青苔がはえ、あのがりがりに痩せた足の指は紫に凍えて痙攣していた。男はちゃんと立とうと必死なのだが、足は巨大な靴の底をつるつる滑っている。

「破片はみんな焼け焦げてしまった……あいつの縞《しま》模様の背中から、かぎ慣れないひまわりのにおいが滲み出し、むきだした目玉は泥砂で切り傷を負う。突然、空一面がくれないに輝き、泥水はぼこぼこと泡をたてる。まぎれもない結末のように……おお、おお！　どうしたことだ？」

男は喀血した。身体がゆっくりと傾き、腐った木の葉におおわれた地面に倒れていく。

虚汝華《シュイルーホア》の視線がぐっと奥行きを増すと、母親の住む古い館が見えた。緑色の毛虫がびっしりとその上を這っている。一枚の網戸に大きな穴があいており、そこから雀がぞろぞろと中に入っていく。南風が吹くと、壁の毛虫はぱらぱらと地面に落ち、無数の蟻がどっと襲いかかった。ぼろの木桶の下にはひびの入った木のつっかけが一足あった。彼女がまだ小娘のころにはいていたものだが、今では奇妙なことに、ずらりときくらげが生えていた。父親は中庭でぬるぬるした壁を手探りしながらどうどうめぐりし、青苔に深々と爪をたてていた。両眼とも白内障にかかっているのだ。表情から察するに、自分がどうどうめぐりしていることには全く気づいていない。まっすぐな暗い通路をたゆまず前進しているつもりなのだ。そうやって、もう三日三晩も中庭を歩いている。母親の姿は見えなかったが、ぼろ綿の中からかすかに声が伝わってくる。自分で自分の舌を噛んで痛みにわななないているような、そんな声だ。父親は母親のうめき声を聞くと、深い皺の奥に薄笑いを隠し、ますます元気よく壁を伝っていった。まるで、気でもちがったような走り方だった。手の爪からはじくじくと血がにじみだし、足の裏にはどっさり魚の目ができた。

「ママは死んじゃうかもしれないわ」

虚汝華《シユイルーホア》は中庭の壁の間のすきまから、自分の声が漏れてくるのを聞いた。その声はあどけなく、熱い期待をたたえていた。

「もしママが死んだら、このお庭は毛虫だらけになるよ」

だが父親に娘の声は聞こえなかった。父親の耳はすでにもののけに取り憑かれていた。母親のうめきを聞いているとき、遥かな、ぼんやりとした呼び声が彼の耳にとどいたのだ。父親の顔はたちまち輝き、全身の神経はぴりりと張りつめ、白髪はますますおかしな風に後ろへたなびいた。壁の青苔は爪でほじくられてばさばさと落ちていった。彼はまだ走っている——まぼろしの通路めざして。

彼女は、石臼が母親の肢体を砕く音を聞いた。すさまじい絶叫も粉々に引き裂かれた。グシャッというあの音は、おそらく母親の頭蓋骨だろう。石臼は回り、死体は薄い一層の糊状の混合物になって、ゆっくりとふちから流れ落ちていった。南風が血生臭いにおいを家に運んできたとき、彼女は死が間近に迫ったのを見た。

「母さん……」虚汝華《シユイルーホア》はふと、喉のあたりに妙な感じを覚え、突拍子もなく泣きだしたくなった。そこで、ありったけの力をふりしぼって、へたくそな、おかしな泣きまねをしたのだった。

中庭では、父親が走りながら、口からどじょうを吐いていた。

その日の夕方、更善無《コンシャンウー》は家に帰る途中、足を切断された麻老五《マーラオウー》がぼろの籐椅子に座って両のこぶしを握りしめ、自分に向かって大声でわめいているのを見た。更善無《コンシャンウー》は夜、いばらの夢を見た。素裸でいばらの上に突っ伏し、全身を痙攣させせながら、ゆっくりと眠りに落ちていった。

山の上の小屋

わが家の裏の荒れ山の上に、一軒の木の小屋があった。

わたしは毎日、家で引き出しを整理していた。整理をしないときは肘掛け椅子に座り、両手を膝に置いて、吹きすさぶ音を聞いていた。北風が杉皮ぶきの屋根を激しくたたき、狼の遠吠えが山の谷間にこだましているのだった。

「引き出しは未来永劫かたづきやしないさ、ふん」

母はそういって、偽りの笑顔をわたしに向けた。

「みんな、耳がおかしくなったのよ」わたしはこみあげる怒りをおさえていった。「月光の下で、あんなに大勢の泥棒が家のまわりをうろついているのに。電気をつけると、窓に、指でつつかれた数えきれないほどの穴が見えるわ。隣の部屋では、母さんと父さんのものすごいいびきで、食器棚の瓶だの罐だのが踊りだす。ベッドの敷板をどんと蹴って腫《は》れあがった頭を横に向けると、小屋に閉じこめられたあの人が、怒り狂って戸に体当たりするのが聞こえる。あの音は、ずっと明け方までつづいているわ」

「おまえがわたしの部屋に探し物にくるたびに、わたしはぎょっとして震えだしちまうよ」

母は用心深くわたしを見つめたまま、戸口のほうへあとずさりして行った。片頰の肉がぴくぴくとおかしなふうにひきつっていた。

ある日、わたしは山に登って事態を見極めることにした。風がやむやいなや、わたしは登りはじめ、ずいぶんと長いこと登った。刺すような陽射しに目はくらみ、頭はぼうっとした。ひとつひとつの石ころからみな、ちろちろと白い炎があがっていた。わたしは咳をしながら山の上をうろつきまわった。眉から吹きだした塩からい汗が目にしたたり落ち、何も見えず、何も聞こえなかった。家にもどると、わたしは戸の外にしばらくたたずんでいた。鏡の中に、靴を泥だらけにして、目のまわりに大きな紫の隈《くま》のできたあの人が見えた。

「あれは一種の病気さ」家の者が暗闇の中で忍び笑いしているのが聞こえた。

目が室内の暗さに慣れたときには、連中はもう隠れていた――笑いながら隠れていた。家の者はわたしのいない間に、わたしの引き出しをめちゃくちゃにかきまわしていた。数匹の死んだ蛾と死んだとんぼはみな床に放りだされていた。連中はそれがわたしの大事なものだということをよく知っていたのだ。

「母さんたち、姉さんのために、また引き出しを整理してくれたのよ。姉さんがいないときにね」

妹が射るような目でわたしに告げた。左側のあの眼が緑色になった。

「わたし、狼の吠える声を聞いたわ」わたしはわざと妹をおどかしてやった。「狼の群れがぐるぐると家のまわりを駆けまわってるの。おまけに戸のすきまから頭をつっこんでくるのよ。日が暮れるとすぐにね。あんたは夢の中でひどく脅えて、土踏まずに冷汗をかいてるわ。この家の者はみんな、眠ると土踏まずに冷汗をかくのよ。ふとんの濡れ具合を見ればすぐわかるわ」

わたしの気持ちは乱れていた。引き出しの中の物がいくつか無くなっていたからだ。母は何も知らないふりをして、目を伏せていた。けれども彼女が憎々しげにわたしの後頭部をにらみつけているのが感じられた。母ににらみつけられるたびに、頭の皮のその部分がしびれて腫れあがるのだ。家の者がわたしの碁石の笥《け》を裏の井戸端に埋めたことはわかっていた。もう数えきれないほどやっており、そのたびに、わたしに夜中に掘り出されているのだ。掘っていると、連中は電気をつけて窓から顔をだしてきた。だが、わたしの反抗には顔色も変えなかった。

食事どき、わたしは家の者にいった。

「山の上に一軒の小屋があるの」

連中は夢中になってずーずーとスープを飲んでいた。おそらく、わたしのいったことは、だれにも聞こえなかった。

「大きな鼠がたくさん、風の中を狂ったように駆けまわってたわ」わたしは声をはりあげ、箸を置いた。「山の上の土砂がどどーっと家の裏塀に崩れ落ちてきて、あなたがたはみんな脅えて土踏まずに冷汗をかいてた、覚えてる？　布団を見ればすぐわかるわ。みんな、晴れるとすぐ布団を干すでしょう、表の綱はいつもあなたがたの布団でいっぱいよ」

父が片目でじろりとすばやくわたしを見た。見慣れた狼の眼のような気がした。わたしははっとした。なんと父は、夜な夜な狼の群れの一匹になって、ぐるぐると家のまわりを駆けまわり、凄まじい遠吠えをしていたのだ。

「どこもかしこも白く光って揺れてたのよ」わたしは片手で母の肩をつかんで揺さぶった。「何もかもがまぶしくて、涙がぽろぽろこぼれたわ。何も見えやしないの。でも家に帰って肘掛け椅子に腰をおろし、両手を膝に置いたら、とたんに杉皮ぶきの屋根がはっきり見えたわ。ほんのすぐそこよ。母さんだって、きっと見たことがあるわ。実のところ、家の人はみんな見たことがあるのよ。たしかにあの中には、だれかがうずくまっているの。その人の目の下にも大きな紫の隈があるけど、あれは徹夜するせいよ」

「おまえが井戸端を掘り返してあのみかげ石を鳴らすたびに、おれと母さんは宙づりにされてしまう。わなわな震えながら素足をばたつかせるんだが、地面にはとどきやしない」

父はわたしの視線を避け、顔を窓のほうに向けた。窓ガラスには蠅の糞がびっしりこびりついていた。

「あの井戸の底には、おれが落とした鋏《はさみ》があるんだ。おれは夢の中で、あれを拾ってやろうとひそかに決心する。ところがいざ目が覚めると、いつも勘違いしてたのに気づくんだ。もともと鋏なんぞ落としちゃいないのさ。母さんは勘違いにきまってるというんだ。だけどおれは性懲《しょうこ》りもなく、またそれを思いだす。寝ているとふと、もったいないような気がしてくるのさ。鋏は井戸の底で錆びてるだろうに、どうして拾いにいかないいんだって。おれはこのせいで何十年も悩み、顔の皺《しわ》はナイフで刻んだようになってしまった。とうとうあるとき、おれは井戸端にいって、釣《つる》瓶《べ》を下ろしてみた。ところが縄は重いし滑る。つい手の力がぬけ、釣瓶はがら一んと物凄い音をたてて、井戸の中でばらばらになってしまった。部屋にとんで帰ってちらりと鏡を見たら、左の鬢《びん》が真っ白になっていた」

「凄い北風ね」わたしは首をすくめた。顔は凍えて青と紫のまだらになった。「わたしの胃の中には、小さな氷ができてるの。肘掛け椅子に座ってると、その氷がしきりにチリンチリンと鳴るのが聞こえるわ」

わたしはずっと前から、引き出しを整理したいと思っていた。だが母は、いつもひそかに邪魔立てしてきた。隣の部屋を歩きまわってどたばたと足音をたて、わたしの思いをかき乱すのだ。足音を忘れようと、わたしはトランプを取り出して口の中で唱えた。

「一《イー》、二《アル》、三《サン》、四《スー》、五《ウー》……」

足音は突然止まり、母が戸口から鉄色の小さな顔をのぞかせて、くぐもった声でいった。

「ひどく下品な夢を見たよ。まだ背中に冷汗をかいてる」

「土踏まずにもね」わたしは付け加えた。「みんな、土踏まずに冷汗をかいてるのよ。きのうも母さんは布団を干したでしょう。よくあることじゃないの」

妹がこっそり駆けよってきてわたしに告げた。母はずっと、わたしの腕をへし折ってやろうと思っている。なぜならわたしが引き出しをあけたてする音で気が狂いそうになるからだ。少しでもあの音が聞こえると、もうたまらなくなって冷水に頭をつっこむので、しまいにひどい風邪をひいてしまったという。

「こんなことは、けっして偶然じゃないわ」妹はいつも射るような目をしている。射すくめられて、わたしの首筋には赤い湿疹ができた。「父さんにしたって、あの鋏のことを、もうかれこれ二十年もいってるでしょう？　何ごとにせよ、今に始まった話じゃないのよ」

わたしは引き出しの両側に油を塗り、そうっとあけたてして、ことりとも音をたてないようにした。何日もためしてみたが、隣で足音はしなかった。母はすっかりだまされていた。このように、たいていのことはだましおおせるものなのだ。こっちが少し気をつけさえすれば。わたしはわくわくし、はりきって夜なべをした。ところが、引き出しが今にもかたづきそうになったとき、ふっと電気が切れた。母が隣の部屋で冷ややかに笑った。

「おまえの部屋の明かりでいらいらして、血管が、鼓でも打ってるみたいにぺんぺん鳴ってるよ。ほら、見てごらん」

母は自分のこめかみを指さした。そこには一匹の太いみみずが這《は》っていた。

「まだ壊血病のほうがましさ。ひがな一日、身体の中で何かが鼓を打ってあちこち鳴らしているなんて、どんな気がするものか、おまえにはわからないのさ。そのせいで父さんなんか、自殺しようとまで思ったんだよ」

母はぼってりした片手をわたしの肩に置いた。その手は氷に漬けたように冷たく、ぽたぽたと水がしたたり落ちていた。

だれかが井戸端で悪さをしていた。何度も何度も釣瓶を下ろし、その釣瓶が井戸の壁にぶつかってがらんがらんと音をたてるのが聞こえた。夜が明けたら、その人は木桶をどんと放りだして逃げていった。隣の部屋の戸をあけると、父は正体もなく眠っていた。青筋の浮いた片手で苦しげにベッドの枠をわしづかみにし、夢の中で惨烈なうめき声をあげながら。母は髪ふり乱してほうきであちこちをたたいていた。母はわたしにいった。夜明けのあの一瞬に、かみきり虫の大群が窓から飛びこんできて、壁にぶつかって床一面に墜落した。掃除をしようと起きあがり、スリッパに足をつっこんだら、隠れていたかみきり虫に指を噛まれ、足が腫れあがって鉛の柱のようになってしまった。

「あの人」母は眠りこけている父を指さした。「噛まれたのは自分だという夢を見てるのさ」

「山の上の小屋でも今、だれかがうめいてるわ。黒い風の中に山葡萄の葉が舞ってる」

「おまえ、聞こえたかい?」母は薄明かりの中で床に耳をつけ、じっと耳をすました。「こいつら、床にたたきつけられてのびちまったよ。夜明けのあの一瞬に飛びこんできたのさ」

あの日、わたしは確かに、また山に登った。まざまざと覚えている。はじめは肘掛け椅子に座り、両手を膝に置いていた。それから戸をあけて、白い光の中に歩いていったのだ。山の上に登ってみたら、見渡すかぎり白い石の炎だった。山葡萄もなければ、小屋もなかった。

天窓

わたしの同僚の父親は火葬場の死体焼きだった。人生の大半を死体を焼いて過ごしてきたため、全身からそんなにおいがした。ある日、その家族はひそかにしめしあわせて、みんなで彼を置き去りにした。彼はひとり寂しく火葬場の墓地のはずれの小屋に住んでいたが、わたしの知るかぎりでは、もう十年になる。けさ突然、わたしは彼からの奇妙な手紙を受け取った。封筒にスタンプはなく、鉛筆で大きな髑髏《どくろ》の絵がかいてあるだけだったが、それでも無事わが家の郵便受けに届いていたのだ。手紙の中身も奇妙だが、書き方も変わっていた。

ここは良いところです。空はさわやかに澄み、薙刀香薷《なぎなたこうじゅ》の香りがたちこめています。葡萄の大きな房がひとつまたひとつと霧の中に浮かんでいます。毎晩、一種の舞踏があります。

同僚Aの父

わたしには、彼のほのめかしていることが呑みこめた。わたしはその葡萄を想い描くことができた、その、死人の灰が育てた植物を。

窓をあけると、瓦礫《がれき》の山の間に母がどっかりとしゃがみこんでいるのが見えた。彼女は苦しげに喘《あえ》ぎながら、大便をしているところだった。瓦礫の上にはあちこちに河原人参《かわらにんじん》が群がり茂っており、母は痛みで狂ったように、さかんにそれを引っこぬいては放り投げていた。

ポケットに入れた手紙のせいで、わたしは一日中落ち着かなかった。弟はもう幾度も横目でこっちを盗み見しており、スープを飲むときには、わたしのお椀にこっそり鼠の糞をひと粒放り込んで探りを入れてきた。

「この家はたしかに古い」父が、崩れてふたつの小孔になってしまった鼻腔から、くぐもった声で重々しくいった。

「しかし、このあたりではただ一軒の家なのだ。もう何年もたっている。わしは、あの、わしらの河原人参を好ましく思う」

「いいぞ!」

末の弟がはやしたて、お椀のスープをテーブル中にはね飛ばした。

父がなぜ「好ましく思う」などという言葉を使いたがるのか、どうも解せなかった。父は年中、人の気をひくような言葉ばかり口にしている。

連中はすでに、わたしの考えを見透かしていた。

夜中の十二時、大だんすの鏡の中に、死体焼きの老人が現れた。なんだかもやもやした気体のようだった。老人は鏡の中からわたしに向かって手を差しのべてきたが、その手全体から、焦げた肉の油煙のにおいがした。

「待っていたんだな?」

老人はわたしにいった。その声も不明瞭で、壊れたトランジスタ・ラジオのようだった。

「さあ行こう」

わたしはふと、彼と何かの約束をしていたことを思いだした。

外は五本の指も見えないほどの真っ暗闇だった。老人は五、六歩先を足早に歩いていたが、ぼうっとまだらに光るゴリラのように見えた。彼は十歩行くごとにわたしの注意を促した。

「足もとは浮き橋だよ」

いわれてみれば、たしかに足もとの地面が浮いているような気がする。それに、さらさらと水の流れる音もかすかに聞こえる。

「漁師が十二時前に洞穴に落ちたよ」

彼がまた妙なことをいった。

わたしはつるりと滑った。明らかに二列の歯と思われるものが足の指にかみついてきて、すぐまた離れた。下の方からふっふっふという不気味な笑い声と憎々しげに罵《ののし》る声、ヒステリックな叫びが聞こえてきた。そしてその喧騒のただなかに、目覚まし時計がひとつ、終始鳴りつづけていた。

老人は達者な足取りで飛ぶように歩いた。わたしははあはあ喘ぎながら、やっとのことでついていった。遠くにふたつ、緑色の光の暈《かさ》が見えた。わたしたちはそれに向かって、想像もつかない速さで駆けていった。光の暈に近づくにつれて、目はくらみ、足はしびれた。ギーッと戸の音がして、すべてが消え失せた。

「上がっておいで」

老人は宙に浮いていた。声はあいかわらずしわがれ、喉はひゅーひゅーと鋭い音をたてている。そっと足を踏みだすと、わたしも暗い虚空に浮いた。

ガチッ、ガチッ、ガチッ……

ガチッ、ガチッ、ガチッ、ガチッ

ガチッ、ガチッ、ガチッ、ガチッ

歯の噛み合う音が四方八方から聞こえてくる。

目が暗闇に慣れると、屋根の上にちらほらと光がいくつか揺れているのが見えた。そのかすかな光で、ここが十平方メートルほどのかやぶき小屋だとわかった。壁一面に、歯をむきだした髑髏が掛かっている。

「あの動く光、あれは時間が慌ただしくすぎていくのさ」

老人が歯をきしらせ、聞きづらい声でいった。

「ここは骨身にしみる寂しさだ。部屋のすみに蜘蛛《くも》の巣がひとつあるが、もう十二年もたっている。十二年前、末娘が戸口に立って、『ふん』といった。あの子の胸の中にできた大きな腫瘍《しゆよう》が、小さな心臓をぎゅうぎゅうと押し潰しているのが見えたよ」

ガチッ、ガチッ、ガチッ……

緑の光がまた現れた。はじめはふたつの点だったが、しだいに大きくなり、さっきよりいっそうまぶしく、いっそう激しく揺れ動いた。

「おい、ほら、どいて!」

光の暈《かさ》がまたふたつの点に収斂し、黒い影がさっとそばをかすめた。なんと一羽のずんぐりした夜鳥だった。その夜鳥は妙な憤怒の叫びをあげると天窓に飛びかかり、大きな翼で激しく屋根を打って雷鳴のような音を轟かせた。

「人肉を食う鳥だ」

老人がいった。彼が微笑んでいるのが、わたしにはわかった。

「やつは当てが外れたのさ。夜が明けたら、あんたを天窓のところに連れていって、素晴らしいものを見せてやろう」

老人はかすかな寝息をたてていた。だが、わたしは眠るまいともがいた。今横になっている虚空から転落したら、底無しの淵に落ちてしまいそうで怖かったのだ。老人はしきりに寝返りをうって骨をぎしぎし鳴らした。まるでこの虚空が背中にあたって痛いとでもいうように。わたしは夜通し輾転《てんてん》とした。やがて、ライラックの花びらにたまった夜露が、ひそやかにしたたり落ちていくのが見えた。青く輝く空には、毛むくじゃらの怪獣のような巨大な赤い月が出ていた。荒れ山の坂の上ではおびただしい猿どもが空の怪獣に向かって嘯《うそぶ》き、不思議な香りが空中にたちこめた。

「これは薙刀香薷の匂いさ」

老人はもう起きていたが、わたしはまだ空中の草の山に横たわっていた。彼は背をかがめて小屋いっぱいの枯れ草の中を探しまわり、ひげ一面に草の茎をひっかけていた。

「夏の間中、わしはこの小さな草を採集していた。小屋の後ろにも山のように積んである。おい、わしの葡萄を見にいかないか?」

老人は答えも待たずにさっさと草の山のてっぺんに這《は》いあがり、ひらりと天窓に飛びついた。

「さあ、登っておいで」

老人は手招きし、謎めいた笑いを浮かべた。

わたしたちは杉皮ぶきの屋根に身を乗りだした。彼はわたしをつついて霧のたちこめる空中をあちこち指さしてみせた。

「わしの宝物をごらんよ。見えるかい？　左手にきらきら光っているあの真珠が。右手はみんな、種無しの緑葡萄だ」

葡萄などあるものか！　わたしは、何も見えないといった、霧の他には。だが彼はとりあわなかった。

「この墓地には年じゅう孤独の風が吹いている。ときには黄砂をまじえて豪雨のように屋根を打つ。古い柏《かしわ》の木の下で聞けば、風の音は一段と大きく、まるで威嚇をこめているようだ。わしはもう、風の中に独り立つことに慣れてしまった。そんなとき、この世界はがらんとしている。ときたま、からすが一羽、目の前を斜めにかすめていくだけだ。さっきあんたが寝ているときにもう、樟《くす》の木の枝にとまったあの最後の蟬《せみ》の絶唱が聞こえた。めったにないことだった。蟬は歌い終わると、たちまち透明なむくろになった。最後のひとつの音節のときだ。さてさて、あんたも何かいいなさい」

「わたし？　わたしは生まれるとすぐ小便桶に投げ込まれたわ。小便に漬かっていたせいで、大きくなっても目玉はとびだしているし、首はぐんにゃり、頭はボールみたいに腫《は》れあがっているの。半生の間、毒気を吸いつづけてきたから、肋骨はとうに結核杆菌《かんきん》にかじられてがらんどうだわ。父は梅毒で、鼻は潰れてぞっとするような二つの小さな孔になってる。それに母……わたしの家は一面の廃墟の中にあるの。がらんとした古屋だけど、あのあたりではただ一軒の家なの。わたしと家の者はそこに寝起きして、昼は総出で廃墟にいって屑鉄や銅を探すの。だれも弱音を吐かずに、くたくたになるまでね。夜になれば、鼠みたいに古屋の中を走りまわり、いちばん暗い物陰を探してもぐりこもうとするの。わたしはずっと、少し休みたいと思っていた。ときに陽射しの下ですべてが静止し、わたしは瓦礫の中に咲いたひとむらの薄紅色の小さな花を、じっと長いこと見つめていた。眼をいっときでも、休ませてやりたかったから――わたしの眼はいつも腫れて痛むの。でもあの花は、どうしてみんな青白い顔をしてるのかしら」

「わたしはあの雨降りの、ぬかるみの朝を覚えてるわ。父はオーバーシューズのままでどかどか入ってきて、部屋中をびしょ濡れにした。それから近寄ってきて、もってまわった言い方でいったの。検査の結果、わたしの肺に三匹の蛭《ひる》が育っているのがわかったって。父は笑いをこらえたせいで、体中が痙攣してたわ。ついに大変な使命を果たしたと思ったのよ。家を出てから、わたしの足はどうしても真っ直ぐ伸びなかった。道々転んでばかりいて、泥だらけになってしまった。実はわたしが家を出ていくのは、家の者みんなが知ってたの。公然の秘密だったの。でも連中は鼻先でふんといっただけ。わたしが型破りな真似をするのがいやらしいと思ってたのよ」

「小さな花？　青白い？　よく知ってるよ」

老人は頭を垂れてぼんやりとつぶやき、それからふと目を輝かせて元気よくいった。

「からすが黒ずんだ墓石にとまってカアとひと声鳴いたら、十二年が過ぎ去ってしまった。墓にはかぐわしい薔薇が一面に生え、二本の泥足は薙刀香薷を踏み倒す。昼でも亡霊がうろついているんだ」

霧が目の前からゆっくりと退いていった。かなたの黒い廃墟には、真っ赤な夕焼けが燃えている。陰気な古屋の輪郭はなごみ、軒先から緑色の水がしたたり落ちている。屋根の上には梅毒末期の父が、膿腫《のうしゅ》のように座っていた。糖尿病に苛《さいな》まれて気息奄々《えんえん》のでっぷりした母もいた。二人は身を支えあいながら、多くの屋根瓦を踏み崩している。兄弟たちは屋根の上を猿のように這いまわり、その空虚で透明な腹腔の中では、巨大な胃が痙攣しながら緑色の液体を滲み出させている。みんなは、うつろな白っぽい眼で煙色の空をにらみながら、ぎごちなく、何かを待ち望むような手振りをした。わたしが何かを叫ぼうとして、ちょっと口を動かすと、とたんにまた目の前がぼやけてしまった。

「『ママ』、あんたは、『マーマ』といいたいんだな」

老人が一字一字区切りながらうんざりしたようにいった。

「わしにはもう時間がないんだ。ここ何日かはしょっちゅう虹が見える。墓地を散歩しているときに現れるんだ。ときには眠ってからも見える。おなじみの不意打ちというやつさ」

「あなた、だれ?」

わたしはふと、ぞっとした。

「わしかい？　死体焼きさ」

老人は片手を伸ばし、わたしの肩にかけた。

「ここに突っ伏してひと眠りしたいんだが、かまわんだろう？　ここは本当に静かだ。もう、横たわる場所も決めてある。あの葡萄の木立の下、池のすぐそばだ。あの池の水はだれも飲んだことがない、からすの他にはな。わしといっしょに横になりにくる者も何人かいるにちがいない。わしはたくさんの穴を掘っておいた。ある日、連中はやってくる、一人の娘を先頭にして。連中は膝をついて池の水を飲み、それからあの穴の中に倒れるんだ。穴の底には薙刀香薷が敷いてある。あんたはあの冬の長い夜を耐え忍んできたんだろう？」

「凍傷にかかった足の指をひっきりなしにこすっていたわ。手を止めると人はたちまち、氷の柱になってしまうから」

「氷にとざされた墓地では、赤りすの舞踏がある。火のように赤い尻尾が、まるで雪の原に燃える大きな蠟燭《ろうそく》のようだ。ティンティンティンティントン、ティンティンティンティントン！」

老人は指で杉の皮をたたきながら眠ってしまった。口もとには終始、謎の微笑が浮かんでいた。

わたしは天窓から一日じゅう身を乗り出して、かなたの廃墟の動静をじっとうかがっていた。

はじめのうちは霧のほか、何も見えなかった。正午になると霧は徐々に散り、太陽が真上から照りつけてきた。だが古屋のあたりにはもう、暮色が垂れこめている。ひとすじの太い煙の柱が煙突からたちのぼってゆっくりと空中に溜まり、じっと動かないきのこ状の雲になった。地下室の戸が突然大きく開き、老いた伯母が気の狂った大きな雌犬の背にまたがって跳びだしてきた。石炭殻の上をぐるりと回り、また狂ったように地下室に突っこんでいく。戸がばたんと閉まり、痛ましい泣き声を閉じこめた。どこかで一度、鐘が鳴った。瓦礫の山に数知れぬ灰色の影が現れ、一匹の青蛇がその間をぬっていく。戸がまた開き、浴槽に入れられた母が押しだされてきた。顔中血だらけで、高々と上げた片手に白髪の束を握っている。白髪には頭皮が点々とこびりついている。母は叫ぶことができない。声は喉の骨でふさがれている。浴槽は深く、母は一度また一度と這いだそうとするたびに失敗する。

老人がぴくりと動いた。まぶたの裏から血のしずくが二滴こぼれ、口もとにはひきつけて吐いた白い泡が溜まっていた。

「もう気分は良くなった」

彼はすまなそうに向こうをむき、噛み砕いた歯を吐きだした。

暗くなると老人は、ぎっしり積まれた薙刀香薷の中に穴を掘った。わたしたちはそこにもぐりこみ、入口をふさいで満ち足りた音をたて、たちまち夢の中に入っていった。まわりには一面に赤とんぼが飛びかい、数えきれない光の輪を描いていた。朦朧《もうろう》とした中で目覚めようとするたびに、その光の輪は、さらに深い夢の境地へと渦まいていった。けれども、わたしが身をかがめて一輪の水仙を摘もうとしたら、だれかが急に背中を押した。

「わしの葡萄を見にいかないか？」

老人の風邪声が響いた。

わたしたちは、二匹の闇夜の老猫のように、洞穴から這いだした。

また例の、足もとが浮いているような感じがした。地底の喧騒のただなかに目覚まし時計がひとつ、ティンリンと鳴りつづけている。

一陣の風が吹きつけてきた。いまだかつて経験したことのない、骨身にしみる寒風だ。わたしは腰をかがめ、腹を押さえてうめいた。

「いい葡萄だ」

老人はしゃがみ、嬉しげな口音をたてながら、わたしの手をつかんで暗がりに伸ばした。手はやわらかな、ぬれたものの山に触れた。なんだか動物の内臓のようで、ぷうんと生臭いにおいさえする。わたしは跳びあがって悲鳴をあげた。

「はじめのうち」老人の手は暗闇の中で、彼が「葡萄」と称する例のものをいじりながら、ひっきりなしに口に放りこんで噛んでいた。「それはゆっくりと動いていたが、やがて速くなった。そしてある冬の夜、その影が屋根に止まったのが見えた。その瞬間、わしははじめて虹を見たんだ、ねぼけまなこでな。あまり唐突だったので、それと悟りさえしなかった。その後も何度も同じことがあったから、もう慣れてしまったよ。わしの穴はこのすぐ下にあるんだ。足でさわれるよ」

つまさきで探ると、また例のやわらかな、ぬれたはらわたに触れた。小さな吸盤でもついているらしく、足の血管にぴたりと吸いついて放そうとしない。わたしはあわてて足をひっこめ、その甲をたたいた。

「わしはしょっちゅうこんなことに出くわすんだ。墓石の間をぶらぶらしながらふと見上げると、空に真っ赤なグラスが浮かび、濁った黄色い酒がぶくぶくと泡立ちながらふちから溢れ出ている。わしはじっと耳をすます。あたりはしんと静まりかえり、なんの物音もしない。ただ邪悪な泡が、さらさらと空に流れているだけだ。さあ、この葡萄を食べてみないかね？」

老人はひんやりとした粘っこい指でわたしの手に触れた。

わたしは縮みあがり、身をよけた。

人肉を食う夜鳥がまたやってきた。ふたつの緑色の眼をらんらんと宙に光らせ、翼で木の枝をばさばさと打ちながら、とびかかってきた。さっと身をかわすと、なにやら硬いものに頭からどんとぶつかり、腰は二本のやっとこでぐいぐい締めつけられた。

「『どうぞ』といいなさい」

朦朧とした中に、老人のあざけるような声が聞こえた。

「どうぞ」

わけもわからぬままに、ことばが口をついて出た。

地面は黒くて太い木の枝におおわれていた。どこからか射しこんでくるかすかな光の下に、老人のあの青黒いふにゃりとした細い足が、ぼんやりと見えた。まるではらわたか何かのようだった。

わたしは空中から地面に向かって、胃の中のものを吐いた。

「これは狂熱の踊りだ」老人は思いにふけっていた。「あれがわしのおふくろさ。寂しがり屋だから、夜な夜なその下から這いだしてきて狩りをするんだ。脳味噌はもう、蟻《あり》に食われてがらんどうさ。ほら、ポンポンポンポン、ポンポンポンポンポン！　あんな風に夜どおし踊るんだ。まったく驚くべき情欲だよ。ちょっと荒っぽいだろう？　おふくろは昔からそうだった。わしはずっとおふくろを恐れていた、もう大丈夫だけどね。優柔不断なたちで人に嫌われていたから、いつもおふくろを見習おうと思っていたんだ。一生、無駄な努力をしてしまったよ」

わたしはまだどきどきしながら、あの二本のやっとこのことを思った。痛みで身体が震えつづけていた。夜鳥のひとみはまだ宙に浮かんでおり、大きくなったり小さくなったり、信号でも出しているかのようだ。ここには偽りのまがまがしいにおいが漂っていた。わたしはそれをかぎつけると、気落ちして顔もあげられなかった。

「あいつはわしから目を放そうとしない。腐肉のにおいでもするのだろうか。ここではあらゆるものが最後の最後まで生きのびようとする。あの影が静止してからというもの、わしは心の中で自分の年を百三歳と数えるようになった。たくさんの穴を掘った。生まれつき性格に欠陥があるせいでいつもためらっていたから、穴のまわりに足で深い溝を掘ってしまった。そこに溜まった水がばしゃばしゃはねる音が聞こえる。真昼の太陽が石南花《しゃくなげ》に照りつけ、短い、小さな影を落とす。突然、石榴《ざくろ》の木が見え、目覚まし時計が地の底でかちかちと幾度か針を進めてまた止まった。天地の間はまた死の境界に入った。わしはまた、またたく間に考えを変えたよ」

「あなた、だれ？」

「墓地でトンネルを掘ってるおいぼれさ。ここではあらゆるものが生きのびようとするんだ。ついに透明なむくろになり、たたけばポンポンと音がするようになるまでな。さっきあんたは水仙を摘もうとした。上には白雲、まわりには石南花、風は永遠に吹き、目覚まし時計はティンリンと鳴りわたる。今に石榴の木が赤土の上に伸びて、枝いっぱいに幻の花が咲きほこるのが見えるさ」

「わたしの母は浴槽に座っていた。頭の皮は全部むけていた」

わたしは新しいできごとについて語っていた。それは若芽のようにわたしの肺に育ち、胸一杯に膨れあがっていた。

「おお、マーマ」老人がからかうようにいった。

「煙突からは炊煙がゆらゆらとたちのぼり、すすけた網戸の窓の中ではペチカが燃えている。末の弟は今年四十、わたしは三つ歳上なの」

わたしの声は次第にはっきりしてきた。

わたしたちはまた、あの枯れ草の穴にもぐりこんだ。

そして深い夢の世界に投げこまれ、互いに遠く隔たった。

林のはずれにかすかな雷鳴が聞こえた。それは、向こうの端にいる老人のいびきだった。草むらに水仙はなく、丈の低い茶の株ひとつひとつの下に灰色の目玉があった。それは、しきりにまばたきしながら露の玉のように澄みきった涙を流していた。ひとつ拾いあげてみたら、たちまち粉微塵になって煙を噴き出した。

わたしは夏の盛りにここに来たのを覚えている。麦藁帽子をかぶって。白いブラウスが燃えるようにまぶしかった。

わたしはここにきのこ狩りに来たのだ。手にはバスケットを持っていた。

あちこち探しているうちに、目にものもらいができた。目覚まし時計はかちかちと無情に時をきざみ、半生が過ぎ去ってしまった。

わたしは赤く腫れた目を懸命に見ひらいた。地面は赤とんぼの死骸でいっぱいだった。灌木の茂みの中では野良猫が哀しげに鳴いていた。

雷鳴はしだいに近づいてきた。老人は銀杏《いちょう》の木の下に横たわっており、両足はすでに透明になりかけていた。人肉を食う夜鳥は枝にとまり、眼光を弱めた。老人は一段と深い夢の世界に浸っていた。その夢は紫色をしていたにちがいない、彼の頭上に紫の光が揺れていたのだから。わたしはその夢に入っていくことができなかった。成長した若芽のせいで、肺が窒息しそうに苦しかった。

銀杏の大枝のあいだに天窓が現れた。それはかやぶき小屋の黒い穴でしかなく、中から糠蚊《ぬかか》が濃い煙のように湧いて出ていた。灰色の服を着た人物がふたり、小屋にやって来て、壁に石膏で大きな太い文字を書いた。ＴＸ　と。そしてたくさんの薙刀香薷を踏み倒し、そそくさと去っていった。

明け方わたしたちが目を覚ますと、遠くの鐘の音がひびいてきた。ゴーン、ゴーン、ゴーンと全部で三回、きちんとそろった音だ。古屋にはなんと鐘があり、鐘をついたのはわたしの父だった。なんとも滑稽なことだ。わたしがここに来る前、あの鐘は地下室に置いてあり、ぶあつい青かびが生えていた。ある晴れた日に、わたしはそれを運んで日に干そうとして、足の指を潰したものだ。

彼らはたしかに鐘を鳴らした。全部で三回。鐘をついたのは父だ。鐘の音でそれとわかる。

「家の人たち、鐘を鳴らしたわ」

わたしはいった。

「わしはさっき、蟬の絶唱を聞いた」

老人はじっとわたしを見つめ、何事かを予感して、震える指先で鬢《びん》の草を取った。

墓地の向こうには、もう穴いっぱいに雨水がたまっていた。腐った草が水面に浮かび、穴のふちにはたくさんのひきがえるが身じろぎもせずに立っていた。

「わたし、咳ができない。この中に何かが生えてきてるから。竹の子かもしれない。まだ慣れないの……」

わたしは両手で胸を抱きかかえた。やはり、松の木が燃えるようなにおいがした。

「あんたも虹を見たことがあるね。あのとき、わしは電柱の下で観察していたんだ。あんたの眼は、ふたつの氷の玉になった。あの感覚は絶対に本物だよ。冷たい風が吹きつけてきたとき、わしらは荒れた坂の上を行くふたつの黒い影だった。互いに無関係に、孤独に歩んでいた」

「天井に赤い光が揺れ、ひとつの物語が灰塵の中に残る。わたしには、それがどんなに骨の折れることかわかるわ。そしてあの永遠の寂しさも」

わたしの喉は痛みでぴくぴく震えた。

「連中は『新年おめでとう』というのかい?!」

老人は喉元にこみあげるひそかな笑いと、眉間《みけん》の憂いをこらえた。

「そんなのは大したことじゃないわ。それより、これを知ってるでしょう。林の中を一羽の蝶が飛んでいて、太陽の下、羽根は緋のしゅすのように輝いていた。彼女はとても長い間飛んでいた。夜、わたしは彼女が地面に墜落するあの澄んだ、心地よい音を聞いた。星影はほの暗く、林は啜《すす》り泣いていた。あなたは夢の中で眼から血をしたたらせたわ」

「新年おめでとう！　新年おめでとう！」

老人はぶつぶつつぶやきながら草の山から這いだし、ぬかるんだ道に深い足跡をつけていった。天窓からは遠くまで見渡せた。老人は黎明の風の中にうずくまり、硬直した顔をみかげ石の墓に押しつけていた。まわりには数歩ごとに彼が掘った大きな穴があった。日が照ると、穴の中のたまり水がまばゆい白い光を反射し、老人は、まるでガラスの世界に身をおいているように見えた。もろい地面には、いたるところに亀裂が走っていた。墓地のはずれにある灌木の林の中を、ひとりの男が這いながらやってきた。男は少し這うたびに、ひょろ長いぐにゃぐにゃした腕を青空に高々とさしあげ、何かはっきりしない文句を叫んでいる。それはわたしの末の弟で、一夜にしてもぐらの尻尾と毛が生えていた。弟の退化した記憶の中では、わたしの影はおぼろにかすんでいた。彼はよだれを流しながら、ある薄黄色のまぼろしを懸命に捕えようとしていたが、ついに、あるつかみどころのない思いに駆られて、地下室からここまで這ってきたのだ。母は地下室の木桶の上に座り、ある奇妙な、聞いたこともない名前を小声で唱えていた。身体は融けつつあり、黒いひとすじの流れが足もとから逃げだして戸口に突進していった。父はまた鐘をつきはじめた、おかしなへっぴり腰で。ゴーン、ゴーン、ゴーン、全部で三回、少し脅えたように三回つくと、父は鉄槌《てっつい》を放りだした。片方の目がたちまち盲《めし》いた。竹の子が膨れ、わたしの胸は張って痛んだ。

灰色の服の人物はとうに立ち去り、壁の文字もすでに夜の雨に洗い流されていた。夜半に雨が降ったのだ。あのとき、わたしは真夏の烈日の下で遊んでいた。

ここはこんなにもがらんとして静まりかえっている。それにあの風。

天には偽りの星が満ち、さまよっている。

ペチカはすでに暖まり、もうひとつの物語が灰色のきのこ状の煙に凝結する。

大勢の人が瓦礫の山をおりてきて、石炭殻の道を古屋に向かって歩いていった。彼らの後ろ姿はひょろひょろと漂い、足どりもふわふわと定まらない。廃墟には他にも幾つかの家があり、幾人かの人がいたのだ。わたしは何年も前に、そのことを忘れてしまっていた。赤みがかった街灯が点滅し、電灯の笠は冷たい霧の中でちりちりと音をたてた。地面には銀色の霜がおりている。ひとりの痩せっぽちが口笛を吹きはじめると、赤黄色の炎がめらめらとガラスに燃えあがり、ひとすじの湯気が、またあの影をぼかしてしまった。青苔がびっしり生えた壁に多くの影がゆらめき、家はぎしぎしと揺れ、軒のつららはぱらぱらと落ちた。

老人は急速に凍って、透明な氷の塊になった。夜鳥も眠ってしまった。

ずっと昔、林の中で、わたしは老人ときのこ狩りをしたことがある。あのころ彼はまだ、穴掘りを始めていなかった。

老人はわたしの裏切りのわけがわからず、ひとりで向こう側にいってしまった。

雨が降れば夜鳥が目を覚まし、大きな翼をはばたきながら、彼の死骸をひと呑みにするにちがいない。穴にはどれも満々と水がたまり、腐った黒い草が浮かんでいた。

わたしはガラスの世界の白い光を突き抜け、せかせかと前に向かって歩いていった。

「おい、変装しようというのか？」

灰色の服の人物が、林のはずれでわたしを遮った。その人物には頭が無く、声は胸の中でウォンウォンと響いていた。

背後にチャリンチャリンという音がした。あの世界が今、砕けているのだ。

「いいえ、ちがうわ。わたしはただ、下着をひとそろい取り替え、靴をはき替え、それから髪の毛をきちんとしたいだけ。簡単なことよ。できれば、蝶の標本も作りたい、あの赤い蝶の。冬の夜、あの足音にじっと耳を傾け、青桐の物語を納得がいくまで考えるの。外は真っ暗、家の中も真っ暗。わたしは氷のように冷たい指でマッチを探り、四回、五回と擦って、震える火をともすの。大勢の人が窓の外をふわふわと通り過ぎていく。大勢の人が……。手を伸ばせばすぐ、彼らの身体に触れることができる。彼らの頰をかじれば、ひそかな快感を覚える。わたしは暗い夜に最後の一瞬まで座りつづけるのよ。冷たい笑みを浮かべ、やさしい笑みを浮かべ、辛酸の笑みを浮かべて……。そのとき、ランプの火は消え、鐘の音は長く尾をひいて鳴る」

わたしはついに自分の声に酔いしれていた。それは柔和で優美な低い声で、永遠に絶えることなく、わたしの耳に語りかけてくる。

わたしの、あの世界でのこと

——友へ——

今は真夜中だ。友よ、外は漆黒の闇、どしゃぶりの雨だ。庭には人群れが湧いて出てがやがやと騒ぎ、大雨は彼らの雨合羽《あまがっぱ》をぼんぼんと休みなく打ちつづけている。連中は今、あの樟《くす》の木を掘りおこしているのだ。樟の木のそばには、一本の油桐《あぶらぎり》が置いてある。彼らが遠いところから引きずってきたばかりの木だ。きのうの夕方、連中がわたしの部屋にとびこんできて相談していたのは、このことだったのだ。彼らはあれこれ相談し、泣いたり騒いだり跳んだりはねたり、疑心暗鬼になったりしながら、わたしの部屋で何かを探しはじめた。ひとりのたくましい男が体を痙攣させるやいなや、わめきたてた。

「そうだったんだ、油桐を植えるんだ！」

「油桐を植えるんだ!!　はっはっはっ!!」

連中はみな狂ったように叫び、よだれを垂らしながら、突然また小さな眼でわたしをにらみつけた。その眼はひとつひとつがトンネルのようだった。たくましい男は一心不乱に投げ縄を作ると、眼をしょぼしょぼさせながら、それをわたしの首に投げかけてきた。

「きさま、どうしてこの部屋を占拠してるんだ?」

男は低い声で叱りつけるようにいった。わたしも自分がどうしてそこにいるのかわからなかった。わたしは覚えている。はじめ、外には雪が降っていて、がらんとした原野には人っ子ひとりいなかった。その後雪はやみ、青白い天の庭にまばゆいつららが垂れさがった。仰向けに横たわったまま指を伸ばすと、指先いっぱいに霜の花が咲いた。原野には凍った仙人掌《さぼてん》があり、透明な爬虫類もいた。あの精緻なつららは空から垂れさがってきて地面に突きささった。頭を横にするとツーツーという響きが聞こえた。つららが地底に向かって伸びているのだった。それから連中が入ってきた。連中はみな、わたしの遠い親戚だと称し、子供のときにわたしの生命を救ってやったことがあるといいたてた。わたしの眼は彼らの肩越しに向こうのほうを眺め、弔いの行列がつるつるに禿げあがった小山のまわりを回っているのを見た。人影は細い縄のようにふわふわと上下に漂い、一本の簫《しょう》が空中に見え隠れしながら、哀しげに、聞きとれない旋律を奏でていた。

「まず、あの樟の木を取りのけにゃあ」

戸のわきにいた老婆が突然いった。その老婆は一羽の老いた鷹で、全身を黒マントに包み、ひくひくと肩を痙攣させていたが、声はひよこが鳴くようにかぼそかった。

「そうだ、樟の木を抜いちまおう」

みなは同意した。そしてふと、また慌てだした。

「まさか盗み聞きしているやつはおるまいな？　いたるところに賊がいて、何もかも信用できん。われわれはこの種の問題を見過ごしてはならん。大風が吹いたあの日から、空に裂け目ができたんだ……」

「われわれは、油桐を植えるんだ！」

連中は力をこめ、断固たる調子でそういいながら、足を踏み鳴らし、感きわまって大声で泣きだした。幾人かの者は眼に涙を浮かべてべらべらと長年来の恐怖を訴えあい、今後の見通しを語りあった。そして語り終わると互いの背中や尻を蹴り、猿のように窓格子に攀《よ》じ登って、暮色に包まれた小山を眺めた。

老いた鷹が化けた黒い老婆は、こっそりと戸の陰の鋤《すき》をひっつかみ、だしぬけに外に向かって掘りだした。ぎゃあっと赤ん坊の悲鳴が聞こえ、おんどりが遠くのほうで誤って暁を告げた。たくさんの布靴が跳ぶようにほこりの中を走り、ぱんと音をたてて、だれかが部屋のまんなかで瓶をたたきこわした。

わたしは弔いの行列の中のあの簫《しょう》が、窓ガラスの上を盗聴者のようにこそこそと探りまわっているのを見た。たくましい男はわたしの視線に気づくやいなや突進してきて、広い背中でぴたりと窓ガラスを塞《ふさ》いでしまった。

「外には」わたしは語りはじめた。連中が入ってきたときから、わたしは語りたかったのだ。

ものに憑かれたように、どうしても我慢できなかった。「石灰岩の上の池に、ある永遠のことがある。天から霜さえ降りはじめれば、死水はティントンと鳴り響く……雪の原には一匹の蟒《うわばみ》がいて、なかなか味のある大きなとぐろを巻いている……灰色の影がひとつ、池の端で腰をかがめて何かをすくっている……」

連中には、わたしのいうことは聞こえなかった。あるいは彼らから見れば、わたしはまるで口などきいておらず、ただ、みみずのように奇妙に頭を振り、身をくねらせていただけなのかもしれない。彼らは用心深く、忍び足でわたしから離れていった。ひとりの女は物珍しげに鉛筆削りの小刀でわたしの腰を突き刺し、だれかにいった。

「なんと、中はステンレスだよ、へええ、しーっ……静かに。外でだれかが立ち聞きしてる」

わたしは目を閉じ、壁ぎわに縮こまった。友よ、わたしはあの氷山のことを考えていたのだ。わたしは思った。凍てついた海が融けさえすれば、氷山はすぐ動きだす。わたしは水中から顔をあげ、それが瞑想するおごそかな白鯨のように、ゆっくりと動いていくのを見る。蒼穹《あおぞら》のつららからは水がしたたり落ちている。ティティタ、ティティタ……と。一本の天に通じる氷柱がカツァッと音をたてて折れると、砕けた氷は夢まぼろしのような青色にきらめきながら、すいすいと弧を描いて瞬く間に消え失せる。つららの光芒は永遠で、しかも目を射す。友よ、あなたには経験があるだろうか？　あなたが胸を開くとき、頭は反射鏡に変わる。星々は暗く色を失い、太陽もなす術《すべ》もなく、かすかに明滅するばかりだ。わたしは水中から顔をあげ、額の氷の屑をふるい落として、ちょっと目を細める。天から霜が降っている。

「ある日の朝」わたしはそっとつぶやく。「『このように』」と、わたしはいう。そしてすべてがもう一度始まる。大地はまた混沌と化す。ふさふさした巨大な絨毯の下では、朦朧《もうろう》とした欲望と異様な騒動が育ち、植物はしだいに淫蕩な緑にあふれていく……でもわたしは、もう一度始めることができない。わたしはすでにこの世界に入ってしまった。つららの光芒は永遠で、しかも目を射し、流星もおびえたように地に落ちて、醜い石ころに変わってしまう。沈黙の雪の峰は大いに異彩を放っている。わたしはこの世界をかたく守る。友よ、わたしは今、上に向かって伸びている。伸びて、天に通じる無数の氷柱の一本になるのだ。あの震える反射光が輝き始めるとき、わたしの全身は、中から多くの枝芽がふき出ようとしているように、むずがゆくなる。ちょっと小首をかしげれば、さわやかな風が葉と葉の間で口笛を吹き、みなぎる樹液がわきの下を流れるのが聞こえる」

わたしの眼は、ほこりをかぶったガラスの外をみつめていた。

樟の木はもう掘りだされていた。ひとりの女がきゃっきゃとはしゃぎながらその穴に跳びこみ、泥水の中で跳びはねた。みながシャベルで土をすくい、女の上にかけた。

「ここにもうひとりいたぞ！」

たくましい男が突然、ガラスを隔ててまっすぐにわたしの両眼を指さし、陰険にへへっと笑った。

「もうひとりいたと?」

人々はきょとんとし、つづいてまた騒ぎだすと、四方に逃げていった。穴に埋められた女は声もたてずに、たちまち化石になってしまった。

連中がすぐ、わたしを捕まえにもどってくることはわかっていた。わたしは戸にしっかりとかんぬきをかけ、大きな木箱にもぐりこんで蓋をしめた。わたしはすぐさまあっちに向かって飛びたいと思った。すぐさままたあの氷の柱になりたいと思った。すべてが急を要する。この皮袋の桎梏《しっこく》はもがき破られ、鮮血は噴水のように飛び散る。時間はあまりない。弔いの行列はもうあの荒野に迫り、あの細い縄たちは北風に吹かれて入り乱れ、ひとかたまりになっているのだ。沼の向こうでは、一群の飢えた狼が駆けまわっている。

「オ、オ、オ〜〜〜」

ひとりの老人が歌っていた。ぼんやりとしたその声は、はるか、はるか遠くまで伝わっていった。わたしにはまるで、彼があるひとつの単調なことばだけを歌いつづけているように聞こえた。

「縄よぉ、縄よぉ、縄よぉ〜〜〜」

そして縄たちはいよいよ激しく絡みあった。老人は消え失せ、歌声は天のかなたにこだました。

どすんと音がして、あの黒い簫《しょう》が突き落とされてきた。

わたしは狼の群れの足音を聞いた。

海がかすかにうねり始めるとき、わたしは水面に背中を出す。灼熱の強い光がわたしの心臓を推し広げる。わたしは身をひるがえしてあの鏡を探し、すばやい一瞥のうちに、自分の眼がふたつの菫《すみれ》の花に変わったのを知る。白鯨の瞑想は永遠に破られることなく、砕けた氷はかなたでぶつかっている……氷の世界に昼夜はない。わたしは水中から顔をあげ、精一杯胸を開く。真っ白な火花が天の際に向かって噴射され、氷の峰も紫煙をあげて重々しくロンロンと鳴り響く。

あなたにはもちろん、これがどういうことなのかわかるだろう。友よ、わたしはあの世界についていて、つららについて語っているのだ。いつか、空に小雪が舞っていた。わたしたちは道路沿いに並んで座り、いっしょに「ママのお靴」の歌をうたった。それからあなたはひざをつき、地上のあの白い精霊をなめはじめた。あなたは、それを白砂糖だといった。あなたの小さな顔は紫に凍え、指はぷっくり腫《は》れあがっていた。そのとき、ひとすじの電光の下で、わたしは見たのだ。けれどもまだ、あなたに伝えることはできなかった。伝えてあげようと思いついたときには、あなたはもう落ち着きはらった大の男になっていて、体中からあの煙草のにおいがした。何年も、何年も、わたしは徘徊をつづけた。河辺を狂ったようにさまよい、折れた柳の枝をあたり一面に放り投げた。あるとき立ちどまって、涙に濡れた眼でじっと前方を見ると、それはわたしに向かって微笑んでいた。だが、やっては来なかった。わたしはぎこちなく、記憶の中の「ママのお靴」の歌をうたい、あの遠い昔の亡霊を呼んだ。日はめぐり、年はめぐった。だがそれは、依然として霧に隠れたままだ。

一時、わたしは待つのをやめた。親戚が、河の堤を駆けずりまわっているわたしを見て、おかしくなったのだと思いこみ、わたしが熟睡しているときに、手足を縛って荒れはてた廟《びょう》の中に閉じこめたからだ。夜になると、廟には数知れぬ化け物がうごめき、地の底でも何かが狂ったように跳びはねた。連中が外に出してくれたとき、わたしは本当におかしくなっていた。顔はぶくぶく腫れあがって朝から晩まで粘液が滲み出し、ひからびた両足はひっきりなしにがたがた震えた。わたしは逢う人ごとに袖にしがみつき、一字一字はっきりといったものだ。

「夜は本当に楽しい」

落ちくぼんだ両の眼は凶暴な光を放ち、指はポケットの中をくねくねと這いまわった。わたしは猿のお面まで作り、親戚の家に飛びこんでいって手当たり次第に首ったまにかじりつき、大声でわめいた。

「夜は本当に楽しい！」

彼らは慎重にわたしを観察すると、うなずき、ひそひそと耳打ちを交わした。連中が何を決めたのか、わたしは知っている。連中はチャンスを待っていたのだ。めんどりが卵を産むのを待つように。

あの戸はもう突き破られ、大きな裂け目ができている。だれかがシャベルをつっこんできた。

友よ、ときが来た。ほら、燃えさかる雹《ひょう》が、豪雨のように降りそそぐ音が聞こえる。透明な大木は真っ白な花の笠をゆすり、海水は肉感的にうねっている。わたしとあなたは手に手をとって海面に昇り出、目を細め、氷の炎を浴びながら、胸の底から「ママのお靴」を歌いあげるのだ……。

'86・6・11

訳者あとがき

それは遥かな風の夜の悪夢にも似た不思議な小説であった。不確かな、あやしいまぼろしのような空間と時間、その地名のない場所と日付のない時には、奇妙な植物が生い茂り、地を這い空を飛ぶさまざまな生き物がうごめき、どこからか湧いて出た「賊」たちがひしめいていた。そしてすべてが、こちらに向かって押し寄せてくるのだった。中国湖南省に住む女性作家の手になるこの夢ともうつつともつかない不思議な時空間は、いかにも唐突に、奇跡のように、中国文学の風景の中に立ち昇った。中国にこのような小説がありえたのかと意外の念に打たれる一方で、中国にこそこういう小説が生まれるのだと大きくうなずかざるを得ない経験、それが残雪《ツアンシユエ》であった。残雪《ツアンシユエ》は中華人民共和国成立後の文学の枠組みを木端微塵に打ち破り、現代中国の社会と精神の構図を、深い闇の底からあざやかに浮かびあがらせながら、ひとつの衝撃として訳者を襲ったのである。

今日の中国文学と残雪《ツアンシュエ》

中国文学に何かの「事件」が起きそうだという予感がなかったわけではない。残雪《ツアンシュエ》が次々に作品を発表しはじめた一九八五年にいたる約十年は、中国文学が空前の盛り上がりをみせ、新たな成果を生み出さずにはおかないような、熱気に溢れた時期であった。いうまでもなく、その直接の契機となったのは、それに先立つ十年、一九六六年から一九七六年にかけて中国全土を未曾有の混乱に陥れ、数知れぬ惨禍を残した文化大革命である。おびただしい文学作品に「毒草」のレッテルが張られ、著名な作家が死に追いやられ、ほとんどの文学的営為が凍りついた沈黙の十年のあと、中国には語られるべきことがひしめいていた。

人々が重いペンを取ってまず、文革中に自ら体験し、あるいは見聞した事実をもとに書き始めたのは当然であろう。その多くは小説の形を取った。創作というよりは現実の被害者体験の伝達と暴露、告発に主眼を置いた素朴な、しかし生々しい作品が、続々と創刊復刊される文芸雑誌を埋めていった。だが文革の傷跡と被害者体験をこれでもかと書きたて、文字どおり「傷痕文学《シャンヘンウェンシュエ》」とよばれたその種の小説は、やがて飽きられ、一面性を批判されるようになる。そして中国文学は、引き締めと開放の間を揺れながらも徐々に自由化に向かいつつある文芸政策の下で、過去の重い体験をより内面化させ、対象化させる方向で様々な模索、探索を試みるようになるのである。

そうした試みの中心となったのは、大雑把にいえば、「中国」という歴史物語の意識的、無意識的な破壊である。従来の小説の中で読者はあまりにもたびたび「中国現代史」に出会ってきた。国の外と中に常に「敵」を持ちつづけてきた中国の、過去数十年にわたる波瀾に満ちた歩みは、小説の当然の前提であり、不可欠な背景であると同時に、しばしば物語の流れそのものでさえあった。人々の人生は現代史の起伏に直接重ねあわされ、その夢も希望も、苦悩も挫折も、みなそこから派生しているように見えた。能動的か受動的か、肯定的か否定的かを問わず、すべての個人はひとしなみに「中国」というただひとつの物語に一体化し、ひたすらその流れの中を漂ってきたかのようであった。無数の小説をこうして互いに似通わせながら、無数の登場人物を木偶《でく》人形のように翻弄してきたその強大な、あまりにも鮮明な輪郭をもった物語の枠組みをいかにして打ち壊すか、それが八〇年代に入ってからの中国文学の最大の課題であったといえよう。

「中国」という作家によらない物語、「中国」という物語への一体感ではなくむしろ違和感や断絶感から生まれた物語は、やがて書き始められた。それらは中華人民共和国の成立後、おおむね一九五〇年代の半ば以降に生まれた若手作家の手になるものである。彼らは「十年の内乱」とよばれる文革の時期にその十代のほとんどをすごしている。紅衛兵運動の高揚期には幼すぎた彼らは、「中国の夢」に一体化する機会をもちそこなった最初の世代といえるかもしれない。彼らが社会的な態度を形成しはじめようとしたとき、その社会はすでに、物語が成立する場ではなく、それが崩壊する場になっていたのである。「現代派《シエンタイパイ》」ないし「探索派《タンスオパイ》」とよばれるそうした作家たちの小説の中で、中国はかつてのような物語であることをやめ、直線的な流れとしての時間であることをやめている。歴史はばらばらの記憶の断片、なんの意味もない猥雑な事実の寄せ集めと化し、「中国」は、ときには悠久の昔から化石したようにそこにあり、ときにはどこからか運んできた映画のセットのように突然わけもなくそこにある空間にすぎないものとなっている。

残雪《ツァンシュエ》も彼らと同じ世代に属し、同じ「現代派《シエンタイパイ》」に区分けされている。彼女の小説においても、やはり、歴史的な時間の流れとしての中国を読みとることは、不可能である。だが一方で、残雪《ツァンシュエ》にとっての中国は、空間ですらない。それはむしろ、ひとりの人間という場を奪おうと、怒濤のようにひしめき、押し寄せ、殺到してくる故知らぬ敵意である。一体化するどころか、所属することも、単にそこに「いる」ことさえも許さず、ひたすら攻め寄せてくる巨大な他者なのである。『わたしの、あの世界でのこと』の中で、突然「わたし」を指さし、「ここにもうひとりいたぞ！」と叫ぶ「他們《ターメン》（連中）」は文字どおり「わたし」を抹殺しようと迫ってくる。存在することの不可能な「この世界」、そこでぎりぎりまで追い詰められながらそれでも生きようとする「わたし」の中に、孤独と絶望の果てに開かれていったもうひとつの不思議な時空、それが残雪《ツァンシュエ》なのではなかろうか。
　彼女の小説が妙に国籍不明な印象を与えるのは、そのためであろう。彼女は中国という時空の中にではなく、すべてが木端微塵に崩壊したあの「がらんとした」「廃墟」の中に物語を紡ぎだす。それは「連中」の物語、人間が人間の肉を食う物語である。万人が相食《は》み、万人が万人の「賊」となり「敵」となっている世界である。不安と疑惑、悪意と敵意が渦巻く「梶《かじ》の木」の下の一種名状しがたいあやしいにおいは、わたしたちに、七十年前に書かれたもうひとつの「人間が人間の肉を食う」小説を思い出させる。

　自分では人間が食いたいくせに、他人には食われたくない。だからいやに疑り深い眼つきで、互いにじろじろ見あっている……

（『狂人日記』）

魯迅《ルーシュン》の『狂人日記』のあの異様な雰囲気と、「梶の木」の下のにおいは、人々の狼のような眼まで含めて、恐ろしいほどよく似ている。中国現代文学の開幕を告げたこの記念碑的小説と、その後の中国文学への徹底的な反逆として現れた残雪《ツァンシュエ》の小説が見事に呼応しあうのを見たとき、訳者は改めて愕然とさせられた。
　思えば、このふたつの小説の間を七十年にわたって埋めてきた中国の文学には、なんと多くの

「賊」や「敵」がひしめいてきたことだろう。それぞれの時代によって「賊」や「敵」の名称は変わり、その姿形も現れ方も変わった。だが中国の小説の風景に、あまりにも多くの「賊」や「敵」が、悪意に満ちた他者が、ひしめいてきたことはたしかなのである。その強大な他者たちは、しばしば「わたし」という空虚を埋めつくしてさえいる。この間の中国文学は、自我の文学であるよりもはるかに多く、他者の文学であった。それは、「わたし」よりもまず他者を、ひしめく他者をこそ、描こうとしてきたのだ。波瀾万丈の歴史物語に目を奪われてつい見過ごされてきたこの単純で明白な事実とその意味を、『蒼老たる浮雲』は深い衝撃とともに思い出させた。残雪《ツァンシュエ》は「中国」という他者に存在の場を脅かされることによって、「中国」を描き出したのである。その根底の構図と、生々しい「におい」を。

生い立ち

残雪《ツァンシュエ》（実名鄧小華《トンシャオホア》）は一九五三年五月三〇日、中国湖南省長沙市に生まれた。春秋戦国時代から二千年にわたってつづいてきたこの古い町は、若き日の毛沢東《マオツエートン》が学び、活動した、中国革命ゆかりの地でもある。滔々《とうとう》と流れる湘江のほとり、南国の緑あふれるその伝統の町で、残雪《ツァンシュエ》はひとつの物語が崩壊し、巨大な敵意が、自分と家族に向かって押し寄せるのを見てきたのだった。

昨年の夏の盛り、訳者は長沙市に残雪《ツァンシュエ》を訪ね、数日間一緒に過ごしながらさまざまな話を聞く機会を得た。背が高く痩せっぽちで、病的なほど色白の彼女は、絵にかいたような悲惨さがおかしくてたまらないとでもいうように、しょっちゅう声をたてて笑いながら、その惨憺たる経歴を話してくれた。彼女と、たまたまその場に来あわせた二番めの兄が異口同音に語ったところによれば、両親はいずれも気性の激しい「恐ろしく強い」人間で、子供たちを「徹底的に抑えつけていた」という。

父、鄧鈞洪《トンチユンホン》は一九〇六年生まれ、湖南省南部耒陽の出身である。一九三八年に地下共産党に入党し、日中戦争後の国共内戦時には中国東北部に派遣され、国民党軍に潜入して蜂起を起こさせた経歴をもつ古参革命家である。中華人民共和国成立後は湖南日報社の社長を務めていた。

母、李茵《リーイン》は一九二三年、同省南部零陵の没落した文人の家に生まれ、十六歳のときに、阿片を吸う飲んだくれの父親の手で、国民党軍人の妾に売りとばされた。黄燐マッチを飲むなど幾度も自殺をはかるが死にきれず、共産党の外廓団体のメンバーで、彼女の境遇に同情していた従兄から読み書きを始めさまざまな啓蒙を受け、その紹介状を手に町を逃げ出して長沙の地下党組織に赴く。そしてそこで鄧鈞洪《トンチユンホン》と知りあい、結婚したのである。

ここまでのふたりの経歴を重ねあわせれば、そのまま一篇の輝かしい「中国革命史物語」ができあがることだろう。ひたすら革命に献身してきた父親と、貧困と無知と封建思想の桎梏《しっこく》の中から徐々にめざめ、果敢に自らの人生を切り開いた母親との自由意志による結びつき。それは「中国の夢」のひとつの成就の形であったかもしれない。残雪《ツァンシュエ》はそのような家庭で、革命の申し子のような両親に「徹底的に抑えつけられて」育った。しかも残雪《ツァンシュエ》が生きたのは、その夢の後であった。父親が社長を、母親が人事課長を務めていた湖南日報社内の家を一家が追われるのは、残雪《ツァンシュエ》がまだ幼稚園児のときである。

一九五七年、父は『新湖南報』反党集団の頭目として「極右」のレッテルを貼られ、湖南師範学院に下放させられて労働教護の身となり、母親は衡山に労働改造に送られた。五九年、家族九人は新聞社から岳麓山ふもとにある十平方メートルばかりの小さな二間の平屋に移った。ひとりあたりの生活費は十元にも満たず、その上全国を襲った「自然災害」にもぶつかった。父には貯蓄もなければ援助してくれる者も全く無く、家族全員、大人も子供も死線の上でもがいていた……。

『美しい南国の夏（美麗南方之夏日）』と題する随筆風の文章の冒頭に、残雪《ツァンシュエ》はこう記している。一九五七年は、中国において知識分子に対する大規模な粛清が行われた「反右派闘争」の年として知られる。前年、文学芸術界、学術界に自由な論議をよびかけた「百花斉放、百家争鳴」の方針から、わずか一年で一変した政策の下で、さまざまな筆禍や舌禍にあい、「右派」として追放された人々は、数十万人にのぼるといわれている。とはいえ、彼らは社会の中ではあくまでも少数者であった。知識分子またはその階級の出身であること自体が指弾の対象になり、はるかに多くの被害者を生んだ文革の後、その「誤った区分」は正され、大半の人々が名誉回復されるのであるが、早々と「右派」の烙印を押された当人と家族にとって、それにいたる二十年は実に長い、辛酸に満ちた歳月であった。残雪《ツァンシュエ》の一家にとっても同様である。

「反党集団の頭目」の家族を襲ったのは、世間の白眼視や冷淡よりも一層差し迫った脅威——飢餓であった。心臓が悪かったせいで労働改造ゆきを免れた父親と祖母、三人の兄、二人の姉、二人の弟と残雪の計八人の子供たちは、極貧の中で生命そのものを脅かされたのである。

祖母は山の野草やきのこをみな知っていた。毎日わたしたちが摘んできた野生の麻の葉でごはんがわりの黒いだんごを作り、「唾には砂糖が入ってるから、かめばかむほど甘くなるよ」といったものだ。ためしてみたら、たしかにそのとおりだった。……臨終のとき、だれかが栄養になるようにとくれたわずかな糠《ぬか》を、祖母はもう飲み下すことができず、わたしたち兄弟で分けて食べた。糠はとても甘かった。もしかしたらあれは祖母の血で、あの血の中にも砂糖が入っていたのかもしれない。わたしたちは祖母の血を飲み、小さな生命はようやく永らえた。

母親が労働改造にやられている間、子供たちの世話を一手に引き受けていた母方の祖母に、残雪《ツァンシュエ》は深い愛情を寄せている。飲んだくれの夫に切りつけられた多くの傷跡をもち、いつも神秘的な雰囲気に包まれた気丈な人であったという。残雪《ツァンシュエ》を溺愛し、糠も食べられず、暖も取れない悲惨な日々に、「和尚さんにもらった冬暖かく夏涼しいチョッキ」の話や「蟒《うわばみ》に追われたときの逃げ方」など、さまざまな不思議な話を聞かせてくれた祖母の思い出は、岳麓山の豊かな自然とともに、残雪《ツァンシュエ》の原風景を形作っているように思われる。

「土がひんやりしてる」祖母がぼそりといった、なでてみたら、たしかにひんやりしていた。「息を殺してじっと耳をすませてごらん、すぐ、音が聞こえるよ」祖母がまたいった。朦朧《もうろう》とした目で見上げると、澄みわたった夜空一面に、きらきらと輝く青い大きなしずくが見え、かすかだがはっきりした音がいたるところから聞こえた。夕、夕、夕、……。昼間、山の谷川に布の人形を捨てたことを、わたしは思い出した。

残雪《ツァンシュエ》は一九六〇年から、師範学院付属小学校、湖南日報子弟小学校、楽古道巷小学校と三つの小学校に行っている。「極右」の娘として通ったその六年の間、成績は一番よかったが、指名されたとき以外は、ひとことも口をきかなかったという。そして、教師をはじめとする周囲の悪意を肌に感じながら、固く自らを閉ざしつづけたその六年が、残雪《ツァンシュエ》の受けた学校教育のすべてとなった。

一九六六年、文革が始まった。わたしは小学校を卒業したが中学には行けなかった。兄弟たちは、わたしを除いてみな農村に下放し、父は私設監獄に監禁され、母は五・七幹部学校（知識分子再教育のための強制労働施設）にやられた。家は没収され、わたしはあてがわれた真っ暗な小屋にひとりきりで暮らした。やがて父に差し入れしやすいように、河むこうに引っ越し、ある建物の階段下の物置に住むようになった。

文革が始まると、十年前に、「右派」とされた人々のほとんどは再び捕えられ、その子女にもさまざまな迫害が加えられた。十三歳の残雪《ツァンシュエ》は就学の機会を奪われ、文字どおり孤立無援の孤独な年月を過ごす。ひとりきりで食堂に食事をしにいき、私設監獄の鉄柵の向こうにいる父親の名前を大声で呼んで、差し入れの品を届ける日々であった。父親は六八年に釈放されるが、母親は七二年にようやく帰ってきた。心臓病や肝炎、高血圧を患い、半死半生の体であった。

一九七〇年、上の姉が知人を通じて、わたしにある町工場の仕事口を探してくれ、十年にわたって製鉄工、組立工をやった。一九七九年、父は名誉回復され、一九八〇年に湖南省政治協商会議の仕事を与えられた。わたしは子供を生んでおり、職場まで遠すぎたため、町工場を退職した。だが政治協商会議と統一戦線部のある人々は、わたしに新たな仕事を分配するのを拒否した。そのどうしようもない状況で、わたしと夫（有名な大工だった）は最後のあがきをするしかなかった。わたしたちは裁縫の本を何冊か買ってきて、独学で勉強を始めた。夫は昼は勤めに出かけ、夜、帰ってから裁断した。夜に日を継いで精を出し、ほぼ三、四ヵ月で注文を受けて服を仕立てるようになった。その後次第にうまくなり、すでに多少は名の知られた自営の仕立て屋になっている。今では夫が退職して一切をきりもりし、わたしの方は家事と子育てをしながら、ときには服のデザインもする。まずまずの暮らし向き、豊かではないが、なんとかやってはいける。

もう一度振り返ってみたい。残雪《ツァンシュエ》の想像を絶する苦難の日々は、四歳の年に始まっている。この時期は彼女の小説を読み解いていく上で、ぬきさしならない意味をもっているにちがいない。

わたしたちは、夜をこわがるひとりの子供を思い浮かべることができる。すべての子供たちのように、その子も夜、ひとりで手洗いに立つのを恐れ、何かのはずみに親に置きざりにされるのを恐れる。狼や泥棒や人殺しがひたひたと迫ってくる足音がしないかと、静まりかえった夜に、暗闇の中でじっと耳をすましている。たいていの子供の場合、幸いにも、そうした「こわいもの」は結局やってこない。夕べの心配をあざ笑うようにまぶしい光が射しこむ朝を数限りなく迎える中で、恐怖はしだいに薄れ、不安は懐柔される。昼間のあれこれのできごととそれへの気がかりが、闇夜の奔馬のような想像力に手綱を掛け、夜の涯への孤独と恐怖の旅立ちを引き留めるのである。

だが幼い残雪《ツァンシュエ》の場合、「こわいもの」は本当にやってきた。それは狼でも泥棒でも人殺しでもなく、頼みの両親さえ太刀打ちできないはるかに巨大で強大な、黒々としたものであった。突然母親が連れ去られ、住み慣れた家を追われた彼女にとって、朝はもはや、夕べの心配をつぐなう安堵のときではなく、その心配の種の実在を裏付けるときとなった。そして、その不幸な子供の夜は、ついに慰められ、なだめられることのないまま、無限に引き延ばされていったのである。残雪《ツァンシュエ》の空間に果てしなく広がっているのは、わたしたちが遥かな幼い日々に旅した、あの懐かしく恐ろしい夜の国である。そこには、よるべない孤独と不安にとぎすまされた感覚のみが捉えうる、すべての光や色、音や形、においや手ざわりがある。そして、長すぎる夜の闇をさまよう者がいつしかたどりつく、極北の物語がある。

それは、おのれを生んだ者がおのれを殺そうとする物語である。何篇もの小説の中で残雪《ツアンシュエ》は、わが子を憎悪し、その死を熱望する母親を執拗に描きつづけている。この、地上でもっとも恐ろしい裏切りの物語は、残雪《ツアンシュエ》の中で、人間が人間を食う社会の究極の図式として、彼女の両親を襲った皮肉な運命に重なっているように思われる。「中国の夢」が生んだふたりは、突如向き直ったその夢によって抹殺されようとしたのだった。革命の忠実な息子と娘であった両親は、一体であったはずの「連中」にある日突然指さされて飢餓と度重なる監禁と重労働に追いやられ、死の淵で辛くも生きのびるのである。それは中国の多くの人々が経験した悲劇の典型的な一例といえよう。だが、弱すぎると同時に強すぎた両親の子供であった残雪《ツアンシュエ》にとって、事態は二重性を帯びていた。残雪《ツアンシュエ》は家の外で「連中」に指さされながら、同じように指さされている両親によって、家の中でも徹底的に抑圧されねばならなかったのである。

「中国の夢」から生まれたふたりが、その夢に食われながら、またその子供を食おうとする。そしてその子供は……。すでに悪夢と化した「中国の夢」に、外と内から追いつめられる中で、残雪《ツアンシュエ》の極北の物語は姿を現した。それは闇と氷と絶望の棲家である。だが、闇と氷と絶望は、光と炎と希望に対してのみ存在するのだ。残雪《ツアンシュエ》は『美しい南国の夏』の結びにこう記している。

わたしを創造に駆り立てるのは、美しい南国の烈日である。心の中に光明があるからこそ、暗黒は暗黒となり、天国があるからこそ、地獄の骨身に刻まれる体験がありうる。愛に満ちているからこそ、人は芸術の世界に超越し、昇華することができるのだ……。

残雪《ツァンシュエ》という空間

残雪《ツァンシュエ》の小説は、たしかに不思議な小説である。そこには常に読者の意表をつく、奇妙なできごとが満ち満ちている。天井から伸びてくる蜘蛛の巣のはった足、職場体操でうんこを垂れる林《リン》じいさん、人殺しの到来を告げるために戸に取りつけられた鈴、日暮れどきに雀を釘で壁に打ちつける母親……。底無しの袋からでも取り出すようにつぎからつぎへと並べられる事物は、ひとつ残らず異様である。住み慣れたわが家の日常には怪奇が押し入り、もっともらしく管理された職場には幼児的なうしろめたい興奮が闖入《ちんにゅう》する。澄んだ可憐な音がまがまがしい殺意の到来を待ちうけ、慈愛の象徴はいたいけな小動物を虐殺している。「この世界」の秩序の下では、互いに遠く隔たり、滅多にあるいは永遠に出会うことのないもの同士が、ここでは、見掛けの距離を越えていともやすやすと出会い、その唐突な結びつきの中に何かをほのめかしている。

しかし読者にあの戦慄にも似た衝撃を与えるのは、そうしたひとつひとつの異様な事物自体ではない。読む者を激しく引きよせながら、一方ではねつけるあの奇妙な磁力はむしろ、そこに尋常なことが何ひとつ書かれていないことからくる。月並みな連想をひとつひとつ裏切る不意打ちとしての出会いが際限なく続き、「この世界」の秩序への反逆が最後まで貫徹される、そのような「場」が存在しうるということが、読者を驚かせるのである。残雪《ツアンシュエ》の不思議さ――それは、ありとあらゆる異様な事物と奇怪な物語を収容してもなお、その一見した混沌と無秩序に耐えうる空間の形式にある。現実と非現実、日常と非日常、汚濁と清澄、母性と殺意……そうしたコントラストをたたえたすべての「図柄」と、その図柄を不思議な均質さで無限に成立させている「地」との関係は、それ自体、想像しうるもっとも鮮やかなコントラストを示しているのである。

残雪《ツアンシュエ》の空間の中であらゆる事物は無に対して存在している。彼女の小説には、背景と呼びうるものがまったくない。歴史もなく、時代もなく、社会もない。人々を食傷させながら一方では安心させる、世界について、人間についてのあの平凡な解釈と合意――世間もない。残雪《ツアンシュエ》の空間は、そうした猶予、そうした安住の地を一切欠いた、虚無と死に直に接する空間なのである。そこではすべてが前景である。無を背景として生起するものは、何もかもが前景となる。ありとあらゆる事物が、どきりとするほど鮮烈に、赤裸々に存在する。もちろん自然も例外ではない。自然こそ、はるかな原初の日を再現しようとでもするように、高らかにおのれの存在を歌っている。風はこの世に初めて吹くかのように吹き、太陽はこの世に初めて照るかのように照る。窓からにょきにょきと枝をのばしてくる木も、カーテンの穴からもぐりこんでくる蛾も、戸のすきまから鼻をつっこんでくる狼も、虚無を埋めつくそうとでもするように、ひたすら前へ前へと進み、ときには見る者を疲れさせるほど、ぎっしりと前景にひしめく。

そして互いに浸食しあい、互いに食いあう。ひとつひとつの図柄と図柄の間にはなんのつながりもない。てんでにひとつの場所を占め、おのれの存在を歌っているだけだ。ところがそこに場所を占め、歌うこと、それ自体がすでに他の存在に対する侵害なのである。侵害された側は、ますます声高におのれの存在を叫び、叫ぶことによってますます他の存在を侵害する。すべての図柄がおのれの場を確保しようとさらに前へ前へと進みながら、互いに食いあうのだ。それは「ひしめくこと」の結果であると同時に、原因でもある。そしてこの一切が、「わたし」という沈黙めがけて迫ってくるのである。

すべてはわけもなく始まり、すべては怒濤のように押し寄せる。それは一枚また一枚とめまぐるしく繰られながら、常に新たな物語の冒頭でしかないような奇怪な、攻め寄せる画面である。一枚の画面にひしめく個々の図柄を互いにつなぐ言葉がないように、一枚めと二枚め、二枚めと三枚めの画面をつなぐ言葉もない。そこには万物をたたえて均質に流れる直線的時間はなく、画面はただ、背後から荒々しくぬぐいさられるのである。それにしても、この背景を欠き、接続詞を欠き、流れを欠いた押し寄せる絵は、わたしたちのよく知っているあの経験に異様に似てはいないだろうか。
夜のかなた、虚無のかなたに立ちのぼり、きまって向こうの方からやってくるあのひしめくものたち。目を閉じることもそむけることもできず、果てしなく到来するもののすべてを、成す術《すべ》もなくただ「見る」ことを義務づけられた空間。残雪《ツァンシュエ》の空間の形式は、まぎれもない夢の形式なのである。そこには馴染み深くしかもよそよそしい夢の姿が見事に再現され、ときには夢そのものよりもなお夢に似た不思議な印象を残している。とはいえ、目覚めるがはやいか常に、すでに「部分」にすぎなくなっているあの物語、全容を現すことを頑なに拒むことによってこそ「夢」とよばれているあのはかない物語の形式を、捉え、再現するという途方もない作業は、いかにして可能なのであろうか。残雪《ツァンシュエ》はある台湾の新聞（『中時晩報』一九八八年六月九日）のインタビュー記事の中で、次のように語っている。

問い：毎日一時間ずつお書きになるそうですが、残った時間、例えば買い物や食事のときに、そのことを考えますか？
残雪《ツァンシュエ》：考えたことはありません。机の前に座って最初の文を書きながら、まだ、次の文がどこにあるかも知らないのです。まるで構想もなければ大綱もないのですが、長い間に溜まっているものについては長めのものが書けますし、ときにちょっと思い浮かんだようなことについては短いものを書きます。

問い：では当然、何を表現したいかということも知らずに……。

残雪《ツァンシュエ》：もしわたしにそれがはっきりといえるようなら、こういうものを書きはしないでしょう。

問い：感覚はどうです？　ぼんやりした感覚についてはお話しになれるでしょう。

残雪《ツァンシュエ》：ある種の情緒はあります。でもはっきりと説明はできません。その情緒が、強い理性に自らを抑制させ、非理性的な状態で創作をさせるのです。もし抑制しなければ、おそらく理性的なものが出てきてしまうでしょう。わたしの作品は理性を完全に排除しなければならないのです。

昨年、訳者が訪問した折にも、残雪《ツァンシュエ》は同様なことを語ってくれた。「次の文」を支配する「わたし」を断念するかわりに、無意識の「わたし」という他者を、すべて手に入れようとする、この禁欲的で同時にこの上もなく貪欲な方法は、第一次大戦後、既存の価値観の崩壊の中で、フランスのシュールリアリストたちが用いたオートマティスムの手法とその理念を思いださせる。「理性によるいかなる制限もなく、美学上ないし道徳上のいかなる先入観からも自由な書き取り」（「シュールレアリスム宣言」A・ブルトン）が目指した、その全き自由を、中国の既存の価値観の廃墟に立った残雪《ツァンシュェ》も求め、そして手に入れている。とはいえそれは、半睡状態や、睡眠状態で手に入ったわけではない。彼女はいう。

残雪《ツァンシュェ》：夢を見ているのではなく、高度に集中して創作しているのです。ときには故意に常識や現実に相対して、新しいものを作ろうとするのです。まるで無人の曠野に着いて、何ももたずに好き勝手なことをやっているような、そんな快感があります。

理性によって理性を抑制し、あらゆる検閲の目を逃れた「無人の曠野」に出て、残雪《ツァンシュェ》は軽やかに遊びながら、彼女の夢の空間を描いていく。「常識や現実」に相対し、論理の支配を破り、この世界を突き抜けることによって、この世界を描き出していくのである。目覚めて夢を描く――この困難なパラドクスに鮮やかな答えをもたらしたのが、残雪《ツァンシュェ》の類い稀な資質とともに、三十余年にわたって彼女の意識と無意識の中に「溜まって」きたものの想像を絶する大きさであることは論をまたない。残雪《ツァンシュェ》の激しい情念は、夢という全き自由の形式を自ずから要請し、そして生みだした。この世界の精神の秩序を徹底的に裏切るいわば「反秩序」と、それを受け入れる外の空間を彼女は切実に必要としたのである。なぜなら「次の文」を知らない彼女のペンが描こうとしたのは、世界の中の物語ではなく、世界そのものについての物語であり、時間の中の物語ではなく、時間そのものについての物語であるからだ。それはまたもや、おのれを生み出したものがおのれを食う、あの根源の裏切りの物語なのである。

残雪《ツアンシユエ》という時間

残雪《ツアンシユエ》のほとんどの短編小説は一人称で語られている。「夢」というものがすべて「わたし」に関する物語であるとすれば、それは、そこに到来するすべてのものに向かって立ち、そのすべてを始めから終わりまで見届ける「わたし」を当然に要求する。一人称をとらない短編や中長編においても、そのような「わたし」を探し出すことはさして難しくはない、それは作者自身が語っているように、ひとつの「情緒」として、意識の流れとして、物語の全体を貫いている。ときにはいずれかの登場人物に宿り、ときには登場人物の外にいて、迫り来るすべてを「見ている」者、それが「わたし」なのである。そしてその迫り来るものを「見る」ことの中に、残雪《ツアンシユエ》の時間は存在する。たいていの悪夢と同様、残雪《ツアンシユエ》の悪夢にもひとつの目立った特徴がある。「わたし」に向かってひしめき、迫りくるものたちは、不断に荒々しく「わたし」との距離を縮めながら、決して到着しないのである。夢を見つづけているかぎり……。

「……ここ何年か、おまえさんは夜な夜な注射器でおれの娘の骨髄を吸い出して、ベッドの脚元のガラス瓶に溜めこんでいた。おまけにそこに百足《むかで》を漬けて、娘が風呂に入るやいなや、中身を風呂桶にぶちまけたんだ。おかげで娘はすっかりおしゃかにされちまったぞ。……」

『蒼老たる浮雲』の中で虚汝華《シュイルーホア》の父親が娘婿に語る、この真偽も不確かな話の異様さは、家庭という場で「注射器」や「百足《むかで》」によるいやがらせが行われる、その出会いの唐突さのほかに、もうひとつの大きな原因をもっている。それは、この一連の行為の、極端なまわりくどさと執拗さである。ここにあるのが殺意であるならば、なぜ、これほど念の入った、偏執的な、凝りに凝った方法で事態を引き延ばさなければならないのか？　たとえ、これが単なる想像の産物であるにしても。

虚汝華《シュイルーホア》という「わたし」に迫りくるすべてのものは、その見かけの猛々しさと凶悪さにもかかわらず、まるで無意味としか思えない妙な迂遠さと、凶行の延期を示している。窓からにょきにょきと枝を伸ばしてくる木、その木につるした鏡でひがな一日「わたし」を偵察し、「わたし」の金魚鉢に石鹼水を入れる隣家の女、真夜中に窓の前をいきつもどりつしながらドンドンと足音をたて、屋根瓦を一枚一枚壊していく母親……この「連中」、この他者たちは、「わたし」に向かって不断に切迫しながら、不断に、まだ到着しない「賊」である。彼らのその執拗な未到性と未遂性は、またもや、わたしたちのよく知っているあるものを思い出させる。

迫りくるために引き延ばされたあの距離の向こうから、不断に間隔を縮めながらやってくるあの黒々とした影。いつか必ず辿《たど》りつくはずでありながら、常にまだ辿りついていないあの絶対の「賊」――死。「わたし」に向かってやってくる常に未遂の殺人者である「連中」とは、「死」なのである。残雪《ツァンシュエ》の空間に図柄としてあるほとんどすべてのもの、おのれの存在を声高に叫びながらひしめいているすべてのものは、そのそれぞれが、全体が、死の比喩であり、象徴であり、予告であるとともに、常に予告でしかないものとしての死そのものなのである。残雪《ツァンシュエ》の空間において、他者とは、三次元に現前する「わたし」の「死」なのである。しかしながら一方で、その他者は他者自身として、もうひとりの「わたし」として、まぎれもなく存在する。ここで「わたし」であるのは、虚汝華《シュイルーホア》だけではない。その母親も、父親も、老況《ラオコアン》も、慕蘭《ムーラン》も、それぞれに他者の「死」を演じながら、一方では「わたし」としてたしかに存在している。とめどなく、執拗に、他者に侵害されることによって、存在しているのである。

残雪《ツァンシュエ》の多くの小説に共通のモチーフとして見られるように、「わたし」は、ひとつの空虚な「鏡」にすぎない。ひたすら、迫りくる他者の姿を映し出す鏡、そして映し出されたその鏡像として、また別な「わたし」へと迫っていく他者にすぎないのである。「わたし」とは「わたし」

にとって、結局のところ「何者でもない」。そこに広がっているのは、見渡すかぎりの他者の風景、互いに互いの鏡であるおびただしい他者たちが、互いに食い食われている風景である。一体なぜ、という問いに、答えはもちろんない。世界はいかなる目的もなく、単にそのようなものとして「わたし」という空虚の前にある。その空虚を満たすのは、野性の獣たちが感ずるような、原初の不安と恐怖のみである。すべての「わたし」はただ、際限もなく迫りくる「賊」に脅えながら、おのれもまた他者の「賊」でありつづけている。だがこの地獄絵、「これら一切のもの」の背後に、「あの巨大な、抗うことのできない壊滅が迫っている」のである。

　石臼はゆっくり回った。ますます陰鬱に、ますます殺気だって。……

　ひしめく「図柄」が互いに食いあう背後から、無としての「地」は迫っている。他者が「わたし」の死を演じ、「わたし」が他者の死を演じるひしめく舞台の背後から、その演じられ、象徴され、予告されてきた当のものが、あの絶対の他者としての死が迫っているのである。不断に未遂であることにより「わたし」という時間を生みだした死は、その時間を食いつくそうと迫り、「昼も夜も休みなく回りつづけて」あらゆる「わたし」を圧し潰そうとしている。
　虚汝華《シュイルーホア》と更善無《コンシャンウー》は、その迫りくる死から目をそむけることができず、あらゆる予告をまさに予告として受け取る「わたし」である。老況《ラオコアン》や「夢を見ない」慕蘭《ムーラン》が無意識のうちに恐れているその絶対の他者を、その目で「見る」ことを、虚汝華《シュイルーホア》と更善無《コンシャンウー》は義務づけられている。ふたりとも夢で、泥沼の中を這いつづける「眼をむきだした亀」を見ているのである。その「亀」は、三次元の空間にもうひとつの次元として侵入し、「死」の役者たちに背後から迫ることによって、その舞台の光景全体を救いがたく愚劣で無意味な文字通りの茶番劇と化している。その前面にひとりの役者として立ちながら、他のひしめく役者たちと、その背後に迫りくる死を同時に見ている「わたし」は、彼らと共に右往左往しながら永遠に役柄にはまり切れず、永遠に「何者でもない」。

多くの人々に、やがて「老い」がもたらす遅すぎる死の意識を、夢によって早々と与えられた「わたし」は、若くして老い衰えていく。そして疲労と虚しさの中で、互いに食い食われる終わりない劇の二重の役柄から逃れようとする。虚汝華《シュイルーホア》はついに、自らを鉄の檻に閉じ込めるに到るのである。檻の鉄格子はいうまでもなく、「わたし」と「連中」の双方のための鉄格子である。同じ避けがたい運命をもち、そこに共に存在する者同士が、常に残されたものでしかない時間を過ごすためには、鉄の檻で互いを隔てなければならないのだ。人々と共に生き、愛するためには、人々を排斥しつくした完璧な孤独に棲む以外にないのである。ここに「わたし」の絶望は極まっている。

『山の上の小屋』も『蒼老たる浮雲』とまったく同じ構図を、音を中心に示している。北風が屋根を打ち、狼が遠吠えし、大勢の泥棒が走りまわり、山の上の土砂は地響きをたてて崩れ落ちる。だが、家の「裏」から迫りくる大音響にもかかわらず、「耳がおかしくなった」家族は、「わたし」が引き出しを整理したり、井戸端を掘り返すかすかな物音にのみ、異様に神経をとがらせている。そのかすかな物音が「連中」の存在を侵害するのである。ちょうど「連中」のたてる音が「わたし」の存在への侵害であるように。外から迫りくる破局についてては家族もうすうす気付き、「土踏まずに冷汗をかいて」はいる。だが、いずれは土砂に埋もれてしまう家の中で、互いの土砂となることの悲劇に気付いているのは「わたし」ひとりである。その孤独と焦燥が、山の上に我が家のまぼろしを生んでいる。互いに食い食われるとめどない環の出口を開こうと、戸口に体当たりする「あの人」の鏡像とともに。

そのまぼろしの小屋をついに見出すことのできなかった絶望が、『天窓』では、「わたし」を死の旅に誘っている。休みない苦役と病魔、孤独と不安……故知らぬ苦しみに満ちた「黒い廃墟」から、墓掘りの老人に導かれていく「わたし」は、生と死の不思議な境界に身を置き、最後の決断を迫られている。だが、生きることの不可能な廃墟からやってきた「わたし」はそこで、死ぬこともまた不可能であることを知る。

「……ここではあらゆるものが生きのびようとするんだ。ついに透明なむくろになり、たけばポンポンポンと音がするようになるまでな。……」

老人が語る「最後の最後まで生きのびようとするものたち」の話は、死を待っていたはずの「わたし」の決心を揺るがす。それはあの奇妙な、不条理そのものとしての生の衝動である。理由なき苦しみを理由なき執念でなめつくし、そのすべてを見届けようとする欲望を生命とよぶとすれば、それが「わたし」を「黒い廃墟」に連れもどすのである。

そして、『わたしの、あの世界でのこと』で、「わたし」はもう一度真に死ぬために、殺されるためにそこにいる。生きとし生けるものが皆そうであるように、「わたし」は、殺されるために「この世界」に生まれている。ここでは迫りくる「連中」と迫りくる死は完全に重なり、空間の構造と時間の構造は完全に重なっている。文字どおり、他者は死であり、死は他者である。そしてそのすべてが怒濤のように押し寄せてきている。だが、奪われるために与えられたその逆説の時空を、その究極の裏切りの物語を、ここでも「わたし」は生きている。迫りくる世界に向かって立ち、目前に迫りくる他者を最後まで見届けてなお、生きようと意欲している。

なぜなら残雪《ツァンシュエ》の小説において、「わたし」という他者が見ているのは、結局のところ、他者という「わたし」であるからだ。迫りくる他者とは、「わたし」なのである。それは、「わたし」を映し出す鏡なのだ。だからこそ、鏡に向かって立つ者は、迫りくるすべてのものを初めから終わりまで見届けようとする。そしてたとえ一切が夢まぼろしに過ぎないとしても、すべての図柄が消え去ったあとに残るあの虚無に向かって、激しい生命の讃歌と、他者であり「わたし」である者の希望を歌いあげるのである。その夢の時空が果てる最後の一瞬まで……。

残雪《ツァンシュエ》の小説は、世界の中の物語ではなく、世界そのものについての物語である。その不思議な曠野のペンは、空間そのものと時間そのものについて、現実そのものと夢そのものについて記し、死を描きぬくことによって生に到り、他者を描きぬくことによって「わたし」に到っている。『蒼老たる浮雲』は、ひしめく他者の物語であることによって、「わたし」の物語なのである。それは、中国の物語であることによって、わたしたちの物語なのだ。

残雪《ツァンシュエ》の発表作品と翻訳について

残雪《ツアンシユエ》は一九八五年、湖南省の『新創作』誌一期に短編『汚水の上の石鹸の泡』（原題「汚水上的肥皂泡」）を掲載して以来、約二十篇の小説を発表している。うち四篇は中編ないし長編であり、本書に収録した『蒼老たる浮雲』はその二作めにあたる。しかし発表されたのは実質的な処女作である『黄泥街』より半年ほど早く、残雪《ツアンシユエ》という作家に対する読者の関心を決定的なものにした作品であるといえよう。想像されるとおり、中国の変わりやすい文芸政策の下で、残《ツアン》雪《シユエ》の作品は、かならずしも順調に発表されてはいない。最初からさまざまな「手」を使って、やっと日の目を見ることができたというのが実情のようである。『黄泥街』は半分以下に削られて雑誌『中国』に掲載されたのち、昨年、作家出版社から出た残雪《ツアンシユエ》作品集『天堂里的対話』の中でようやく全貌を見せた。その雑誌『中国』は、一昨年の暮れに突然、廃刊にさせられ、読者を当惑させたが、その大きな原因のひとつが、同誌が意欲的に残雪《ツアンシユエ》の作品を掲載したためであるという。

　また残雪《ツアンシユエ》が従来の作品とはまたひと味ちがった新たな形式で書いた長編『包囲突破演技』（原題「突囲表演」）も昨年上海の雑誌に掲載されたが、作者から入手した原文と比較すると、男女の性に関する部分が乱暴に削られ、文章のつながりがひどく悪くなっている。そのようなわけで残雪《ツアンシユエ》の作品発表の環境は決して良好とはいえないが、昨年、中国の著名な作家でもあり、文化部長（大臣）でもある王蒙《ワンモン》が、有力な文芸紙に好意的な残雪《ツアンシユエ》評を載せたことなどもあり、状況は徐々に好転しているように見える。また学生を中心とした若い読者層の中には、熱狂的な愛読者も増えてきており、「残雪之謎《ツアンシユエジーミー》」の衝撃の大きさと政治的配慮から沈黙しがちであった批評家たちの間にも、積極的な新たな動きが出はじめている。

台湾ではすでに一九八七年に単行本の作品集が出ている。アメリカでも数年前からいくつかの短編が雑誌に翻訳されており、八六年ころまでの全作品を収録する短編集と長編集の翻訳出版準備が進められている。オランダ等でも短編が翻訳され始めている。

日本での残雪《ツアンシユエ》作品集の翻訳刊行は本書が第一冊めとなるが、収録した四篇のうち、『山の上の小屋』を除く三篇は、いずれも訳者が一昨年秋以来、季刊同人誌『中国現代小説』(『中国現代小説』刊行会編、蒼々社)に発表してきた訳文に再度手を入れたものである。以下に収録作品の原題と、翻訳に用いた原載誌名を掲げておく。

○「蒼老たる浮雲」(「蒼老的浮雲」、『中国』一九八六年五期)
○「山の上の小屋」(「山上的小屋」、『人民文学』一九八五年八期)
○「天窓」(「天窓」、『中国』一九八六年八期)
○「わたしの、あの世界でのこと——友へ——」(「我在那個世界里的事情」、『人民文学』一九八六年十一期)

翻訳に当たっては、『中国現代小説』の同人の方々に皆御世話になったが、とりわけ井口晃氏には多くの御教示をいただいた。英文学者の新庄哲夫氏からは、読みやすい訳文にするための数々の貴重な御助言をいただいた。また、最後まで残る語釈上の問題については、翻訳のたびにお世話になっている友人の劉玉城《リウユイチエン》女史に、このたびもまた助けていただいた。以上の方々と、終始熱意をこめて短期日のうちに仕事を進めて下さった河出書房新社の小池信雄氏に、心から感謝したい。

一九八九年四月

訳者

著者紹介

残雪（Can Xue　ツァンシュエ）

1953年、中国湖南省長沙市に生まれる。本名鄧《トン》小《シヤオ》華《ホア》。湖南日報社社長を務めた父親が1957年に「右派」認定、追放され、20年にわたり一家は様々な迫害を受ける。文化大革命の下、中学へは行けずに父が収監された監獄近くの小屋で一人暮らしを強いられた。工場勤務、結婚を経て、1980年代に創作を開始、雑誌に短篇を発表。『黄泥街』（86。白水社）は第一長篇。その作品は英語、日本語をはじめ各国語に翻訳され、世界的な評価を得た。創作と並行して、カフカ、ボルヘス、ダンテ、ゲーテ、カルヴィーノなどを論じ、批評活動も精力的に展開している。邦訳に『蒼老たる浮雲』『カッコウが鳴くあの一瞬』（白水社）、『廊下に植えた林檎の木』『暗夜』（河出書房新社）、『突囲表演』（文藝春秋）、『かつて描かれたことのない境地』『最後の恋人』（平凡社）、評論『魂の城 カフカ解読』（平凡社）などがある。

訳者略歴

近藤直子（こんどう・なおこ）

1950年、新潟県生まれ。中国文学者。東京外国語大学英米語学科卒、東京都立大学大学院修士課程修了。日本大学文理学部中国語中国文化学科教授。2015年死去。著書に『残雪―夜の語り手』（河出書房新社）、『有狼的風景――読八十年代中国文学』（人民文学出版社）、訳書に残雪『黄泥街』『蒼老たる浮雲』『カッコウが鳴くあの一瞬』（以上白水社）、『暗夜』（河出書房新社）、『最後の恋人』『魂の城　カフカ解読』（平凡社）、瓊瑶『寒玉楼』『我的故事（わたしの物語）』（文藝春秋）などがある。

編集＝藤原編集室

本書は 1989 年に河出書房新社より刊行された。

白水 u ブックス　224

蒼老たる浮雲

著　者　残　雪《ツアンシユエ》

訳者 ©　近藤直子

発行者　及川直志

発行所　株式会社 白水社

東京都千代田区神田小川町 3-24

振替　00190-5-33228　〒 101-0052

電話（03）3291-7811（営業部）

（03）3291-7821（編集部）

www.hakusuisha.co.jp

2019 年 7 月 1 日　印刷

2019 年 7 月 20 日　発行

本文印刷　株式会社精興社

表紙印刷　クリエイティブ弥那

製　　本　加瀬製本

Printed in Japan

ISBN978-4-560-07224-0

乱丁・落丁本は送料小社負担にてお取り替えいたします。